魔法科高中的劣等生 10

The irregular at magic high school

來訪者篇〈中〉

背負某項缺陷的劣等生哥哥。
一切完美無瑕的優等生妹妹。
這對兄妹就讀魔法科高中之後，

風波不斷的每一天就此揭開序幕——

佐島 勤
Tsutomu Sato
illustration
石田可奈
Kana Ishida

Kadokawa Fantastic Novels

Character
登場角色介紹

司波達也

就讀於一年E班，被揶揄為
「雜草」的二科生（劣等生）。
達觀一切。

吉田幹比古

就讀於一年E班，達也的同班同學。
出自古式魔法的名門。
從小就認識艾莉卡。

司波深雪

就讀於一年A班。達也的妹妹。
以首席成績入學的優等生。
擅長冷卻魔法，溺愛哥哥。

光井穗香

就讀於一年A班，深雪的同班同學。
擅長光波振動系魔法。
一旦擅自認定後就頗為一意孤行。

西城雷歐赫特

就讀於一年E班，達也的同班同學。
擅長硬化魔法，個性開朗。

北山 雫

就讀於一年A班，深雪的同班同學。
擅長振動與加速系魔法。
情緒起伏鮮少展露於言表。

千葉艾莉卡

達也的同班同學。
擅長劍術，可愛的闖禍大王。

柴田美月

就讀於一年E班，達也的同班同學。
罹患靈子放射光過敏症。
有點少根筋的認真少女。

森崎 駿

就讀於一年A班，深雪的同班同學。
擅長高速操作CAD。
身為一科生的自尊強烈。

里美 昴

就讀於一年D班，
宛如美少年的少女。
個性開朗隨和。

明智英美

就讀於一年B班，隔代混血兒。
全名是艾米莉雅．英美．
明智．格爾迪。

櫻小路紅葉

就讀於一年B班，
昴與艾咪的朋友。
便服是哥德蘿莉風格。
喜歡主題樂園。

七草真由美

三年級，前任學生會會長。在魔法科學生之中，
實力為歷代最高等級。

中条 梓

二年級，繼真由美之後的
學生會會長。
生性膽小，
個性畏首畏尾。

市原鈴音

三年級，前任學生會會計。
冷靜沉著的智慧型人物。
真由美的左右手。

服部刑部少丞範藏

二年級，前任學生會副會長。
繼克人之後的社團聯盟總長。

渡邊摩利

三年級，前任風紀委員會委員長。
為真由美的好友，
各方面傾向好戰。

十文字克人

三年級。
前任社團聯盟總長。

桐原武明

二年級。劍術社成員。
關東劍術大賽國中組冠軍。

壬生紗耶香

二年級。劍道社成員。
劍道大賽國中女子組
全國亞軍。

辰巳鋼太郎

三年級，前任風紀委員。個性豪爽。

關本 勳

三年級，風紀委員會成員。
論文競賽校內審查第二名。

澤木 碧

二年級，風紀委員。
對女性化的名字耿耿於懷。

平河小春

三年級，以工程師身分參加九校戰。
主動放棄參加論文競賽。

平河千秋

就讀於一年G班。敵視達也。

五十里 啟

二年級，學生會會計。
魔法理論的成績
為全學年第一。
千代田花音的未婚夫。

千代田花音

二年級。繼摩利之後的
風紀委員長。
五十里啟的未婚妻。

一条美登里

將輝的母親。
個性溫和，廚藝高明。

一条將輝

第三高中的一年級學生。
參加九校戰。
「十師族」一条家的
繼承人。

一条 茜

一条家長女，
將輝的妹妹。
有點早熟的小學生。

吉祥寺真紅郎

第三高中的一年級學生。
參加九校戰。
以「始源喬治」的
別名眾所皆知。

一条瑠璃

一条家次女，將輝的妹妹。
我行我素，行事可靠。

風間玄信

陸軍101旅
獨立魔裝大隊隊長。
階級為少校。

真田繁留

陸軍101旅獨立魔裝大隊幹部。
階級為上尉。

柳 連

陸軍101旅獨立魔裝大隊幹部。
階級為上尉。

山中幸典

陸軍101旅獨立魔裝大隊幹部。
少校軍醫，一級治癒魔法師。

藤林響子

擔任風間副官的女性軍官。
階級為少尉。

牛山

FLT的CAD開發第三課主任。
受到達也的信任。

九島 烈

被譽為世界最強魔法師之一的人物。
眾人尊稱為「宗師」。

安宿怜美

保健醫生。穩重溫柔的笑容
大受男學生歡迎。

廿樂計夫

擅長魔法幾何學的教師。
論文競賽的負責人。

小野 遙

一年E班的輔導老師。
生性容易被欺負，
卻有不為人知的另一面。

九重八雲

擅長古式魔法「忍術」。
達也的體術師父。

千葉壽和

千葉艾莉卡的大哥，
警察省國家公務員。
乍看之下像是遊手好閒的人。

千葉修次

千葉艾莉卡的二哥，摩利的男友。
具備千刃流劍術免許皆傳資格。
別名「千葉的麒麟兒」。

安娜・羅瑟・鹿取

艾莉卡的母親。日德混血兒，曾是
艾莉卡的父親——千葉家當家的「小妾」。

鈴

森崎拯救的少女。
全名是「孫美鈴」。
香港國際犯罪組織
「無頭龍」的新領袖。

陳祥山

大亞聯軍特殊作戰部隊隊長。
為人心狠手辣。

周

安排呂與陳來到日本的
俊美青年。

呂剛虎

大亞聯軍特殊作戰部隊的
王牌魔法師。
別名「食人虎」。

司波深夜

達也與深雪的母親。已故。
唯一擅長精神構造干涉魔法的
魔法師。

黑羽貢

司波深夜、四葉真夜的表弟。
亞夜子、文彌的父親。

櫻井穗波

深夜的「守護者」。已故。
受到基因操作，強化魔法
天分而成的調整體魔法師
「櫻」系列第一代。

黑羽亞夜子

達也與深雪的從表妹。
和弟弟文彌是雙胞胎。

黑羽文彌

四葉下任當家候選人。
達也與深雪的從表弟。
和姊姊亞夜子是雙胞胎。

四葉真夜

達也與深雪的姨母。
深夜的雙胞胎妹妹。
四葉家現任當家。

葉山

服侍真夜的高齡管家。

琵庫希

魔法科高中擁有的
家事輔助機器人。
正式名稱是3H
（Humanoid Home Helper：
人型家事輔助機械）P94型。

司波小百合

達也與深雪的後母。
厭惡兩人。

安潔莉娜・庫都・希爾茲

USNA魔法師部隊「STARS」的總隊長。
階級是少校。暱稱是莉娜。
也是戰略級魔法師
「十三使徒」之一。

瓦吉妮雅・巴藍斯

USNA統合參謀總部
情報部內部監察局第一副局長。
階級是上校。來到日本支援莉娜。

班哲明・卡諾普斯

USNA魔法師部隊「STARS」第二把交椅。
階級是少校。希利鄔斯少校不在時的
代理總隊長。

希兒薇雅・瑪裘利・法斯特

USNA魔法師部隊「STARS」的
行星級魔法師。階級是准尉。
暱稱是希兒薇，姓氏來自軍用代號「第一水星」。
在日本執行作戰時，擔任希利鄔斯少校的輔佐。

米卡艾拉・弘格

USNA派到日本的間諜（正職是
國防總署的魔法研究人員）。
暱稱是米亞。

亞弗列德・佛瑪浩特

USNA魔法師部隊「STARS」的一等星魔法師。
階級是中尉。暱稱是弗列迪。

查爾斯・沙立文

USNA魔法師部隊「STARS」的行星級魔法師。
別名「第二魔星」。

克蕾雅

獵人Q——沒能成為「STARS」的魔法師部隊「STARDUST」的女兵。
Q意味著追蹤部隊的第17順位。

瑞琪兒

獵人R——沒能成為「STARS」的魔法師部隊「STARDUST」的女兵。
R意味著追蹤部隊的第18順位。

Glossary
用語解說

一科生的徽章

司波達也的CAD

司波深雪的CAD

魔法科高中
國立魔法大學附設高中的通稱，全國總共設立九所學校。
其中的第一至第三高中，每學年招收兩百名學生，
並且分為一科生與二科生。

花冠、雜草
第一高中用來形容一科生與二科生階級差異的隱語。
一科生制服的左胸口繡著以八枚花瓣組成的徽章，
不過二科生制服沒有。

CAD
簡化魔法發動程序的裝置，
內部儲存使用魔法所需的程式。
分成特化型與泛用型，外型也是各有不同。

Four Leaves Technology〔FLT〕
國內一家CAD製造公司。
原本該公司製造的魔法工學零件比成品有名，
但在開發「銀式」之後，
搖身一變成為知名的CAD製造公司。

托拉斯．西爾弗
短短一年就讓特化型CAD的軟體技術進步十年，
而為人所稱頌的天才技師。

Eidos〔個別情報體〕
原為希臘哲學用語。在現代魔法學，個別情報體指的是
「伴隨事物現象而來的情報」，是「事象」曾經存在於
「世界」的記錄，也可以說是「事象」留在「世界」的足跡。
依照現代魔法學的定義，「魔法」就是修改個別情報體，
藉以改寫個別情報體所代表的「事象」的技術。

Idea〔情報體次元〕
原為希臘哲學用語。在現代魔法學，情報體次元指的是「用來記錄個別情報體的平台」。
魔法的原始形態，就是將魔法式輸入這個名為「情報體次元」的平台，
改寫平台裡「個別情報體」的技術。

啟動式
為魔法的設計圖，用來構築魔法的程式。
啟動式的資料檔案，是以壓縮形式儲存在CAD，魔法師輸入想子波展開程式之後，
啟動式會依照資料內容轉換為訊號，並且回傳給魔法師。

想子
位於靈異現象次元的非物質粒子，記錄認知與思考結果的情報元素。
成為現代魔法理論基礎的「個別情報體」，成為現代魔法骨幹的「啟動式」和
「魔法式」技術，都是由想子建構而成。

靈子
位於靈異現象次元的非物質粒子。雖然已經確認其存在，但是形態與功能尚未解析成功。
一般的魔法師，頂多只能「感覺到」活化狀態的靈子。

魔法師
「魔法技能師」的簡稱。能將魔法施展到實用等級的人，統稱為魔法技能師。

魔法式
用來暫時改變伴隨事物現象而來的情報之情報體。由魔法師持有的想子構築而成。

魔法演算領域

構築魔法式的精神領域，也就是魔法資質的主體。該處位於魔法師的潛意識領域，魔法師平常可以意識到魔法演算領域並且使用，卻無法意識到內部的處理過程。對魔法師本人來說，魔法演算領域也堪稱是個黑盒子。

魔法式的輸出程序

❶從CAD接收啟動式，這個步驟稱為「讀取啟動式」。
❷在啟動式加入變數，送入魔法演算領域。
❸依照啟動式與變數構築魔法式。
❹將構築完成的魔法式，傳送到潛意識領域最上層暨意識領域最底層的「基幹」，從意識與潛意識之間的「閘門」輸出到情報體次元。
❺輸出到情報體次元的魔法式，會干涉指定座標的個別情報體進行改寫。

「實用等級」魔法師的標準，是在施展單一系統暨單一工序的魔法時，於半秒內完成這些程序。

魔法的評價基準（魔法力）

構築想子情報體的速度是魔法的處理能力、
構築情報體的規模上限是魔法的容納能力、
魔法式改寫個別情報體的強度是魔法的干涉能力，
這三項能力總稱為魔法力。

始源碼假說

主張「加速、加重、移動、振動、聚合、發散、吸收、釋放」四大系統八大種類的魔法，各自擁有正向與負向共計十六種基礎魔法式，以這十六種魔法式搭配組合，就能構築所有系統魔法的理論。

系統魔法

歸類為四大系統八大種類的魔法。

系統外魔法

並非操作物質現象，而是操作精神現象的魔法統稱。
從使喚靈異存在的神靈魔法、精靈魔法，或是讀心、靈魂出竅、意識操控等，包括的種類琳琅滿目。

十師族

日本最強的魔法師集團。一条、一之倉、一色、二木、二階堂、二瓶、三矢、三日月、四葉、五輪、五頭、五味、六塚、六角、六鄉、六本木、七草、七寶、七夕、七瀨、八代、八朔、八幡、九島、九鬼、九頭見、十文字、十山共二十八個家系，每四年召開一次「十師族甄選會議」，選出的十個家系就稱為「十師族」。

含數家系

如同「十師族」的姓氏有一到十的數字，「百家」之中的主流家系姓氏也有十一以上的數字，例如「『千』代田」、「『五十』里」、「『千』葉」家。
數字大小不代表實力強弱，但姓氏有數字就代表血統純正，可以作為推測魔法師實力的依據之一。

失數家系

亦被簡稱「失數」，是「數字」遭受剝奪的魔法師族群。
昔日魔法師被視為兵器暨實驗樣本的時候，評定為「成功案例」得到數字姓氏的魔法師，要是沒有立下「成功案例」應有的成績，就得接受這樣的烙印。

各式各樣的魔法

● 悲嘆冥河
凍結精神的系統外魔法。凍結的精神無法命令肉體死亡，
中了這個魔法的對象，肉體將會隨著精神的「靜止」而停止、僵硬。
依照觀測，精神與肉體的相互作用，也可能導致部分肉體結晶化。

● 地鳴
以獨立情報體「精靈」為媒介振動地面的古式魔法。

● 術式解散
把建構魔法的魔法式，分解為構造無意義的想子粒子群的魔法。
魔法式作用於伴隨事象而來的情報體，基於這種性質，魔法式的情報結構一定會曝光，無法防止外力進行干涉。

● 術式解體
將想子粒子群壓縮成塊，不經由情報體次元直接射向目標物引爆，摧毀目標物的啟動式或魔法式這種紀錄魔法的想子情報體，屬於無系統魔法。
即使歸類為魔法，但只是一種想子砲彈，結構不包含改變事象的魔法式，因此不受情報強化或領域干涉的影響。此外，砲彈本身的壓力也足以反彈演算干擾的影響。由於完全沒有物理作用力，任何障礙物都無法防堵。

● 地雷原
泥土、岩石、砂子、水泥，不拘任何材質，
總之只要是具備「地面」概念的固體，就能施以強力振動的魔法。

● 地裂
由獨立情報體「精靈」為媒介，以線形壓潰地面，
使地面乍看之下彷彿裂開的魔法。

● 乾冰雹暴
聚集空氣中的二氧化碳製作成乾冰粒，
將凍結過程剩餘的熱能轉換為動能，高速射出乾冰粒的魔法。

● 迅襲雷蛇
在「乾冰雹暴」製造乾冰顆粒時，凝結乾冰氣化產生的水蒸氣，
溶入二氧化碳氣體使其形成高導電霧，再以振動系與釋放系魔法產生摩擦靜電。以溶入碳酸的水霧或水滴為導線，朝對方施展電擊的組合魔法。

● 冰霧神域
振動減速系廣域魔法。冷卻大容積的空氣並操縱其移動，
造成廣範圍的凍結效果。
簡單來說，就像是製造超大冰箱一樣。
發動時產生的白霧，是在空中凍結的冰或乾冰。
但要是提升層級，有時也會混入凝結為液態氮的霧。

● 爆裂
將目標物內部液體氣化的發散系魔法。
如果是生物就是體液氣化導致身體破裂，
如果是以內燃機為動力的機械就是燃料氣化爆炸。
燃料電池也不例外。即使沒有搭載可燃的燃料，無論是電池液、油壓液、冷卻液或潤滑液，世間沒有機械不搭載任何液體，因此只要「爆裂」發動，幾乎所有機械都會毀損而停止運作。

● 亂髮
不是指定角度改變風向，而是為了造成「絆腳」的含糊結果操作氣流，以極接近地面的氣流促使草葉纏住對方雙腳的古式魔法。只能在草長得夠高的原野使用。

魔法劍

使用魔法的戰鬥方式，除了以魔法本身為武器作戰，還有以魔法強化、操作武器的技術。
以魔法配合槍、弓箭等射擊武器的術式為主流，不過在日本，劍技與魔法組合而成的「劍術」也很發達。
現代魔法與古式魔法兩種領域，都開發出堪稱「魔法劍」的專用魔法。

1.高頻刃
高速振動刀身，接觸物體時傳導超越分子結合力的振動，將固體局部液化之後斬斷的魔法。和防止刀身自我毀壞的術式配套使用。

2.壓斬
使劍尖朝揮砍方向的水平兩側產生排斥力，將劍刃接觸的物體像是左右推壓般割斷的魔法。排斥力場細得未滿一公釐，強度卻足以影響光波，因此從正面看劍尖是一條黑線。

3.童子斬
被視為源氏祕劍而相傳至今的古式魔法。遙控兩把刀再加上手上的刀，以三把刀包圍對手並同時砍下的魔法劍技。以同音的「童子斬」隱藏原本「同時斬」的意義。

4.斬鐵
千葉一門的祕劍。不是將刀視為鋼塊或鐵塊，而是定義為「刀」這種單一概念，依循魔法式所設定的刀路而動的移動系統魔法。被定義為單一概念的「刀」如同單分子結晶之刃，不會折斷、彎曲或缺角，將會沿著刀路劈開所有物體。

5.迅雷斬鐵
以專用武裝演算裝置「雷丸」施展的「斬鐵」進化型。將刀與劍士定義為單一集合概念，因此從接觸敵人到出招的一連串動作，都能毫無誤差地高速執行。

6.山怒濤
以全長一八〇公分的大型專用武器「大蛇丸」所施展的千葉一門的祕劍。將己身與刀的慣性減低到極限並高速接近對手，在交鋒瞬間將至今消除的慣性疊加，提升刀身慣性後砍向對方。這股偽造的慣性質量和助跑距離成正比，最高可達十噸。

7.薄翼蜻蜓
將奈米碳管編織為厚度十億分之五公尺的極致薄膜，再以硬化魔法固定為全平面而化為刀刃的魔法。薄翼蜻蜓製成的刀身比任何刀劍或剃刀都要銳利，但術式不支援揮刀動作，因此術士必須具備足夠的刀劍造詣與臂力。

戰略級魔法師——十三使徒

現代魔法是在高度科技之中培育而成，因此能開發強力軍事魔法的國家有限，導致只有少數國家能開發匹敵大規模破壞兵器的戰略級魔法。

不過，開發成功的魔法會提供給同盟國，高度適合使用戰略級魔法的同盟國魔法師，也可能被認證為戰略級魔法師。

在2095年4月，各國認定適合使用戰略級魔法，並且對外公開身分的魔法師共十三名。他們被稱為「十三使徒」，公認是世界軍事平衡的重要因素。

十三使徒的國籍、姓名與戰略級魔法名稱如下所述：

USNA
安吉．希利鄔斯：「重金屬爆散」
艾里歐特．米勒：「利維坦」
羅蘭．巴特：「利維坦」
※其中只有安吉．希利鄔斯任職於STARS。艾里歐特．米勒位於阿拉斯加基地，羅蘭．巴特位於國外的直布羅陀基地，兩人基本上不會出動。

新蘇維埃聯邦
伊果．安德烈維齊．貝佐布拉佐夫：
「水霧炸彈」
列昂尼德．肯德拉切科：
「大地紅軍」
※肯德拉切科年事已高，基本上不會離開黑海基地。

大亞細亞聯盟
劉雲德：「霹靂塔」
※劉雲德已於2095年10月31日的對日戰鬥中戰死。

印度、波斯聯邦
巴拉特．錢德勒．坎恩：
「神焰沉爆」

日本
五輪 澪：「深淵」

巴西
米吉爾．迪亞斯：「同步線性融合」
※魔法式為USNA提供。

英國
威廉．馬克羅德：「臭氧循環」

德國
卡拉．施米特：「臭氧循環」
※臭氧循環的原型，是分裂前的歐盟因應臭氧層破洞而共同研發的魔法。後來由英國完成，依照協定向前歐盟各國公開魔法式。

土耳其
阿里．夏亨：「巴哈姆特」
※魔法式為USNA與日本所共同開發完成，由日本主導提供。

泰國
梭姆．查伊．班納克：「神焰沉爆」
※魔法式為印度、波斯聯邦提供。

高能電漿與鑽石冰塵交相飛舞之夜結束後的早晨。

即使是週日，達也依然來到學校。深雪理所當然地如影隨形。

學校並不會因為是週日而關閉，這一點在過去和現在都未改變。學校大門在週日依然敞開，主要是為了致力於社團活動的學生，以及獲准使用圖書館、實驗室或演習室的學生。

雖說如此，兩人並非前往社辦、操場、圖書館或實驗室。

達也與深雪是前往學生會室。

「還沒人來耶。」

正如深雪所說，學生會室裡頭空無一人。達也聽到妹妹的細語，像是莫名被逗笑般，露出無聲的微笑。

「召集人在最後才登場，是虛構故事的既定原則，但現實應該沒辦法這樣吧。」

達也半開玩笑地說出可能會受到上帝視角吐槽的話語。深雪回應「說得也是」輕聲一笑，這肯定是所謂的義務或幫腔。

總之……達也同樣自覺這是無聊的玩笑話。他之所以會笑，是因為至今總是被別人找來的自己，在今天變成找人的一方，他覺得這個事實很好笑，虛構之類的觀點其實一點都不重要。

相對的，他雖然是邀請人，也沒有特別準備什麼。而且他也不需要等太久。

「達也同學、深雪，早安。」

達也等待的其中一方，在堪稱「立刻」的時間點現身。

「哎呀，艾莉卡，妳和吉田同學一起來？」

「是巧遇！……感覺那番話微微隱藏惡意，是我多心嗎？」

「是妳多心了。」

「等很久了嗎？」

女高中生進行著毫不拘謹的友好（？）對話。

「不，我們也剛到。抱歉，週日還讓你跑一趟。」

另一方面，男高中生則是在進行既定的客套話問候。

「總覺得我的待遇和Miki不一樣……算了。所以今天有什麼事？達也同學在假日找我們過來是很稀奇的事吧？」

確實很稀奇。眾人有時會像個高中生的樣子一同出遊，所以在假日見面並不稀奇，但是達也在這種時候總是受邀的一方。

說到稀奇，艾莉卡的視線之所以游移不定，應該是覺得學生會室整面牆滿是情報機器的設計很稀奇。達也看她這個樣子，猜測她或許是第一次進入這個房間。

「麻煩再等一下。我想等成員到齊再說。」

「還有別人會來？」

「嗯，他們該到了。」

達也間接肯定幹比古的詢問，門外隨即傳來像是等待這一刻來臨的敲門聲。敲門的她應該是在校學生中最熟悉這個房間，如同學生會室主人的人，感覺她沒敲門就進來也沒什麼好奇怪，不過這就代表她出乎意料（？）是規矩又懂常識的人。她沒使用門鈴而是敲門，難免令達也質疑她的「常識」有問題，但達也同樣沒使用遙控器而是自行前去開門，所以雙方是半斤八兩。

「抱歉，找兩位過來。」

幹比古心中疑惑達也為何要刻意前去迎接，但是門一打開就解除這個疑念。前來的是真由美與克人他們。

「吉田與千葉？你們也被司波找來了？」

真由美展現不只是驚訝的動搖，於是克人代為提出這個單純的詢問。

「啊，是的。」

代替一時之間果然還是語塞的艾莉卡，幹比古簡短地回應。

「那麼，開始吧。」

達也蓋過這聲回應，邀請眾人就座。

「首先可以說明一下嗎？為什麼我們和七草學姊他們一起被找來？」

「我有同感。我也希望先從這裡說明。」

人際情感具備類似鏡子的特質。善意引來善意、惡意回以惡意、敵意喚來敵意。計算這種情緒的反射動作有何利益得失並加以控制，是成人應該具備的判斷力，但要是找不到一致的利害關係，內心就不會想讓判斷力運作。

真由美的態度是典型的情緒反射動作。她自己並未對艾莉卡心懷不滿，應該說她沒有特別在乎艾莉卡，但卻受到艾莉卡展現的敵意影響。這樣的真由美令達也認為「既然大我們兩歲，真希望她能理性一點」。

「關於我們正在追捕的吸血鬼，有些事要告訴各位。」

不過，達也不在意她們對立。他決定不要浪費口舌打圓場，早點辦完該辦的事。

「說來聽聽。」

率先反應的是克人。或許更正確來說，是只有克人起反應。

「昨天晚上，我將合成分子機械的發訊機打入了吸血鬼體內。那機器每三小時會發出特定波其實是混入麻醉彈中，作為麻醉無效時的保險措施，卻因為戰局大幅失算，導致非得仰賴這項保險措施。雖說如此，光靠達也一人並無法有效活用這項保險措施。

「發訊機使用期限最長是三天。電波功率很微弱，但是和市區監視器共同設置的違法電波取締用竊聽天線接收得到。」

這次所有人起反應了。或許該說不得不起反應。

「等一下，達也同學。你說昨晚？在哪裡？」

真由美瞪大雙眼詢問。

「怎麼找到的？」

艾莉卡似乎是不甘心過度，轉為以責備的語氣詢問。

「合成分子機械？你從哪裡弄到這種東西……」

幹比古則是以傻眼的語氣詢問。

達也認為他們當然會想問，這些詢問也都很中肯，卻沒有預定要說明過程或原由。因為要是說明，就非得透露一些不能外傳的獨立魔裝大隊技術力，以及姑且要保密的莉娜真實身分。

「這是電波的頻率與波形。」

達也說完，各發給四人一張卡片。

「學姊的部隊與艾莉卡的部隊，應該都可以利用竊聽天線吧？」

「……你是要我們用這個找出對方下落？」

達也默默地點頭回應真由美的詢問。

「……為什麼把這個給我們？」

艾莉卡說的「我們」，意思是為什麼要同時給七草、十文字部隊以及千葉一門的部隊，達也沒遲鈍到會誤解這一點。就算這樣，他也不打算頤指氣使地下令該怎麼做。達也找四人來到這裡，是為了告知至今確認的事情，因此他無視於詢問，公開下一個情報。

「我們追捕的吸血鬼真面目，似乎是逃離ＵＳＮＡ軍的魔法師。」

四人臉上同時浮現「不會吧」與「原來如此」的表情。

某個未知勢力妨礙他們的搜索。該勢力在單人與團隊兩方面都是高水準，真由美與艾莉卡都推測並非單純的非法組織。既然真面目是追捕逃兵的ＵＳＮＡ魔法師部隊，就是合理的解釋。

「而且不是單人。脫逃者至少兩人以上，或許達到十人左右。」

「STARS出現十個逃兵？」

「不，艾莉卡，即使是隸屬於ＵＳＮＡ軍，也不一定是STARS成員。」

「咦，是嗎？」

「七草……STARS是從ＵＳＮＡ軍旗下的魔法師之中，挑選魔法戰鬥力特別優秀的人組成的部隊。所以USNA軍當然有魔法師不屬於STARS。」

達也糾正艾莉卡的誤解、克人則是糾正真由美的誤解。兩名美少女在意外的地方展現意氣相投（？）之處，但要是指出這一點，應該又會壞了她們的心情，達也判斷別多嘴為佳。

「——即使對方並非STARS成員，但也是接受過戰鬥訓練，還得到吸血鬼特異能力的對手。應該不容易應付。」

「沒錯。即使不考量魔物之力，也是不能大意的對手。」

克人繃緊了心情，沉重地低語。

「但即使不是STARS的魔法師，也肯定是USNA軍的一員，對吧……我一直認為，任何國家應該都會嚴謹管理軍方魔法師，難道USNA的軍紀變得渙散了嗎？」

幹比古這段發言，和場中話題沒有直接關係，達也卻在這方面也有自己的看法。他沒讓這番「對話」回到正題，反倒是積極回答幹比古點出的疑問。

「不，甚至相反吧。」

「相反？」

「我想，這表示寄生物的影響力強過軍方對魔法師的管制吧。寄生物會讓人類變質吧？要是改變的不只是肉體，甚至影響到精神，那麼被寄生而改變價值觀也不奇怪。」

「這……說得也是。那麼寄生物為什麼要脫逃？」

「可能覺得繼續待在軍中沒意義，或是有某個在軍中無法達成的目的。這部分得抓到寄生物詢問才知道。」

「目的啊……不限於寄生物，魔物的目的基本上都是滿足食慾或繁殖同伴，但現在在意也沒用。不管我們再怎麼思考都僅止於推測。不提這個，如果不是軍紀渙散，事態反而嚴重。」

「對，這代表他們是在嚴謹的軍紀下逃離。」

「……所以到最後，你要我們怎麼做？」

就在達也與幹比古離題聊得熱絡時，艾莉卡以鬧彆扭的聲音插嘴問道。仔細一看，真由美也面帶不耐。

「我不打算要求各位怎麼做。」

被責備離題的達也，絲毫沒有露出尷尬表情，甚至連輕咳也沒一聲，而是以理所當然般的語氣立刻回應。

聽到這句回應而露出「咦？」這種表情的人，不只是艾莉卡。

「好友遇襲而吃了苦頭，所以我不打算置之不理。但是在同時，我也不會執著於非得親手修理對方。如果公安或警視廳出面處理，我不打算無謂地插手，而要是師族會議願意負責解決就再好也不過。即使千葉家要獨力討伐，我當然也不在意。」

已經起身的達也，說到這裡離開桌邊。

「抱歉勞煩各位跑這一趟。畢竟是這種東西，我覺得直接交給各位比較好。」

「不，無妨。辛苦了。」

真由美似乎想說話，但克人在她開口之前搶得先機，出言慰勞達也。

「難得像這樣聚集在一起，我們多聊一下再離開吧。」

「這樣啊，那可以請學長負責鎖門嗎？」

「交給我吧。」

達也向克人行禮致意，對深雪使眼神之後離開。

對於幹比古投來像是求助的眼神，達也解釋為自己多心。

◇　◇　◇

達也離開學校的時候……

「莉娜，請妳差不多該起來了吧！」

莉娜在同居人的責備之下，總算爬下床。

十分鐘前，由於棉被硬是被抽掉的關係，莉娜逼不得已只好起床。坐在餐桌前的莉娜，依然穿著睡衣。

「真是的……就算是週日，這樣也太懶散了。」

希兒薇雅一副受不了的表情，在莉娜面前放了一杯熱騰騰的蜂蜜牛奶。莉娜以渙散的動作拿起杯子小口小口飲用。她直到喝光蜂蜜牛奶後呼出一口氣，意識才總算清醒。

「感謝招待……希兒薇，總部那邊有說什麼嗎？」

她的語氣完全是STARS總隊長的語氣——可惜寬鬆的厚睡衣以及沒梳理的頭髮使她毫無威嚴可言。不過即使是如此邋遢的模樣，也不會讓人覺得不體面，「絕世美少女」真是了不起。希兒薇雅只是掛著苦笑，到最後什麼都沒說，肯定是因為內心覺得「這樣也不錯」。

「目前還沒。但我不認為不受責備就能了事……」

「希兒薇也這麼認為嗎……」

莉娜聽到希兒薇雅的回應，垂頭喪氣地以雙手抱頭。這副不可靠的模樣符合她的實際年齡。

希兒薇雅即使知道會是落井下石，依然不得不開口詢問。

「莉娜，昨天究竟發生什麼事了呢？即使只是衛星級，依然在STARS擁有代號的隊員，居然一次就有四人被剝奪戰鬥能力……其中兩人傷及內臟、腦挫傷加頸椎扭傷，傷勢嚴重到無法回到任務崗位。」

「嗚嗚嗚……」

「而且連莉娜也通訊中斷，下落不明三小時以上……」

「嗚嗚嗚嗚……」

希兒薇雅應該沒那個意思，但她的詢問變成是在追究莉娜的失態。

「難道……妳輸了？」

這成為最後一刀。雙手抱頭哀號的莉娜突然趴到桌上。不經意地給予致命一擊的希兒薇雅，甚至被她倒下的氣勢嚇得縮起身體。

「我不行了。沒自信能執行任務了。我要退回天狼星的代號。」

「咦，那個……莉娜……總隊長？」

莉娜就這麼趴著說起喪氣話，希兒薇雅看著這樣的她也慌張起來。

「不……不要緊啦，總隊長一直有完美地盡到天狼星的職責。」

希兒薇雅事到如今才發現，雖然自認只是正常提問，結果卻變成在質詢莉娜。於是她連忙開口安慰莉娜。

「總隊長輸給高中生很離譜吧？」

希兒薇雅好想仰天嘆息。看來莉娜完全陷入負面思考的泥淖了。若要計較「高中生」，莉娜原本也是應該就讀高中的年齡。莉娜無視於這一點，哭哭啼啼說著喪氣話，是青少女常有的模樣。希兒薇雅自己也有這樣的經歷。她莫名感慨「安吉．希利鄔斯」其實也是平凡的女孩。

「那個……對，這次是運氣不好。」

即使如此，莉娜再這樣下去將無法執行任務。「天狼星」是她們擁有的最強戰力。希兒薇雅試著努力討好莉娜，讓她重新振作起來。

「讓總隊長吞下敗績的，是那對司波兄妹之中的哪一人？」

「……兩者。我要抓達也的時候被深雪妨礙。」

「Oh！所以那兩人果然不是平凡的高中生吧？」

「……世上有那種『平凡的高中生』還得了？」

「同時應付兩個不平凡的魔法師，對於衛星級來說是沉重的負荷吧？」

希兒薇雅將「高中生」掉包為「不平凡的高中生」，再將「不平凡的高中生」掉包為「不平凡的魔法師」，企圖藉以去除莉娜受到打擊的原因，讓消沉的她再度振作。

「不只是兩人！」

莉娜突然猛地抬頭如此告知。希兒薇雅這個作戰的效果超乎她的預料。

「除了達也與深雪，還有三個忍者（Ninja）！」

「忍者……嗎？」

忍者——「忍術師」是一種古式魔法師，希兒薇雅也知道這件事。她之所以（在精神上）招架不住，並不是將「Ninja」視為可疑的虛構創作的產物，而是懾於莉娜的氣勢。

「我知道達也和忍者掛鉤！卻沒想到那種高手會介入那種場面，太出乎我預料了！」

「呃，嗯，是啊……」

「情報部的資料只提到『忍者擔任司波達也的教練』！但我不知道對方是大師級！」

「……這個情報來自哪裡？」

「我聽本人說的。要是早知道那麼棘手的對手可能介入，就可以訂立更加不同的作戰。這明顯是情報部失職。我原本不是諜報領域的人，所以情報層面的支援得更加確實，否則我會很傷腦筋。希兒薇，妳說對吧！」

看來莉娜正如希兒薇雅的意圖，脫離自虐的負面思考迴圈了。相對的，希兒薇雅落得必須不斷聆聽莉娜亂發脾氣的牢騷的下場。

多虧積蓄在內心的不平與不滿順利發洩，莉娜完全恢復為平常的自己。她恢復自我之後，面臨的是對己身醜態的自我厭惡。

「希兒薇，對不起……」

「沒關係，要是沒有偶爾發個牢騷，精神會撐不住。」

希兒薇雅將第二杯蜂蜜牛奶遞到沮喪地低頭的莉娜面前，笑著搖頭回應。莉娜聽到她這番話就變得更加無地自容，但希兒薇雅沒有別的意思。應付長官的怒氣也是部下的職責，她年紀輕輕就明白這一點。

「總部沒下達指示，但是有幾項報告要知會您。啊，不用，這樣就好。」

莉娜大概認為「非得整理服裝儀容才行」。身穿睡衣的長官從椅子起身，希兒薇雅做出繼續坐著的手勢留下她。

「首先是昨晚受傷的四人……泰坦（士衛六）與恩克拉多斯（士衛二）沒有內外傷，今天住院觀察一天確認沒後遺症，就能回到任務崗位。米瑪斯（士衛一）與伊阿珀托斯（士衛八）如剛才所說，應該沒辦法回到任務崗位。」

「……重傷的兩人只要恢復到可以移送，就立刻安排返國吧。」

「這部分由我處理。再來是卡諾普斯隊長表示，STARS很難加派人員來到日本。」

「……這樣啊。」

「此外他還補充說，參謀總部打算派STARDUST增援。」

「要增派追蹤者？」

將知覺系特異能力轉化為魔法技術的研究，相較於整理為四大系統八大種類的作用系魔法，進度較為落後。擁有探索、追蹤技能的魔法師，即使是在STARDUST的層級依然稀少。USNA軍所有人員加起來，也很難稱得上人力充足。現狀已經將為數眾多的探索追蹤成員派來日本，統合參謀總部應該也沒餘力繼續增派追蹤者才是。

「不，是增派戰士。」

希兒薇雅的回應，果然否定了莉娜的詢問。

「感覺STARDUST的戰鬥力不足以應付這種狀況……但也沒辦法了。」

衛星級與STARDUST的實力差距不大。STARDUST的士兵們只是因為無法承受強化措施，導致什麼時候報銷都不奇怪。在受到強化的領域，他們的能力比起STARS隊員毫不遜色。但本次派遣到日本的衛星級隊員，同樣是重視戰鬥能力而選出的成員，STARDUST的戰鬥能力相較於他們終究有所不及。莉娜的嘆息其來有自。

「至於另一邊的調查，機動部隊也沒立下值得一書的成果。」

希兒薇雅也覺得莉娜的擔心很中肯，但多加思考也沒用，因此她立刻報告下一件事。

「我們處於非得優先處理逃兵的狀況，所以另一邊只能請其他部隊多多努力了。可惜看來遲遲無法深入核心。」

「另一邊」所指的任務，是要查出引發「大爆炸」的戰略級魔法，USNA外交、軍方相關人員稱為「Great Bomb」的魔法是哪個術士所施展。莉娜被派遣到日本的理由，原本也是為了查出這個戰略級魔法師。相較於以留學生身分潛入大學或高中的莉娜等人，機動部隊是更早抵達日本，潛入以馬克西米利安研發中心為首的魔法機器企業，試圖收集情報的集團。

「這麼說來，最近也沒什麼機會和米亞見面。」

莉娜像是回想起來般提到的名字，是住在隔壁房的機動部隊一員，本名為米卡艾拉・弘格。

她和莉娜同樣具備日系血統，外表卻不同於莉娜，幾乎和日本人沒有兩樣。這樣的她以「本鄉未亞」的假名，以業務工程師的身分進入馬克西米利安研發中心臥底。

「她這幾天似乎過了深夜還在四處奔走。今天好像也要『工作』。」

「我們最近也一樣直到深夜都被拖著到處跑……今天明明是週日，她真勤奮。」

莉娜與希兒薇雅相視而輕聲一笑。「馬克西米利安研發中心的業務工程師」始終是偽裝身分，大學的負責人卻很欣賞米亞。兩人同時回想起最後一次見到米亞時，她所提到的這件事。

「聽說她明天要去第一高中陪同交貨。是CAD調校用的測定器。」

「啊？」

但莉娜一聽到希兒薇雅說的米亞明日的行程，她的笑容就霎時僵住。身為STARS總隊長卻在扮演高中生的樣子將被看見，使得莉娜有種抗拒感，如同孩子厭惡教學參觀的心理。

「聽說是下午的行程，要不要趁著午休時間去見她？」

沒什麼正常校園生活經驗的莉娜，似乎不清楚自己為何亂了分寸。但是比莉娜本人更正確掌握她心境的希兒薇雅說出這個提議，並且在困惑地移開目光的莉娜面前悄悄露出微笑。

◇　◇　◇

「緹雅！」

在喧囂聲之中，雫聽到後方有人叫她而轉身。美西海岸現在是一月二十八日週六的傍晚。雫位於寄宿處舉辦的家庭宴會會場。

「雷。」

雫認出以誇張動作揮手的男性（應該說是「男生」），微微舉手示意。

他的名字是雷蒙德・S・克拉克。

在雫留學學校的男學生之中，他是首先向雫搭話的人，也是後來一直動不動就跑到雫身旁的白人（恐怕是西岸至今罕見的道地盎格魯撒克遜人）同學。

雫也感覺到他大概別有動機，但他意外地擅長維持距離感，沒有強加於人的裝熟態度，因此雫也沒有特別排斥。

順帶一提，「緹雅」是雷蒙德取的暱稱。雫自我介紹時，他詢問「雫」這個字的意思，雫說明這是「teardrop（淚珠）」或「dewdrop（露珠）」的「drop」之意，就被取了「緹雅」這個暱稱。雫也覺得這個暱稱怪怪的，但她問同班女同學：「我看起來這麼像是愛哭鬼？」得到的回應是：「因為妳完全符合珍珠（tear）的形象」，因此她無法繼續提出異議——因為難為情。後來由於雫不討厭「緹雅」聽起來的感覺，就這麼扔著不管，不知不覺她的暱稱就固定為「緹雅」。

言歸正傳。

「緹雅，這套禮服好出色，比平常更俏麗。」

「是嗎？」

對於雷滿面笑容說出毫不害臊的感想，雫並非愛理不理，而是真的詫異地歪過腦袋。

略長的羽毛剪層次黑髮輕盈搖曳。

雷的視線更加增溫，雫不以為意，看向自己的服裝。

長到幾乎及地的裙襬。

裸露的背部、肩膀與上臂。

長到手肘的手套。

雫聽說ＵＳＮＡ在某些部分回歸傳統，卻沒預料到變得如此古典。必須以馬甲勒緊身體才能穿的禮服，在宴會會場也隨處可見。幸好雫穿的不是那種禮服。

「雷穿這樣也很合適。」

雫當初是接受店員的建議而買下，不太清楚自己的禮服哪裡好，但是既然受到稱讚，就得禮尚往來地出言應酬。雷蒙德的晚禮服打扮就雫看來有些老氣（在同國人看來則是小題大作），不過很適合他貴公子般的外貌，所以雫不會抗拒說這種客套話。

「謝謝！能聽緹雅這麼說，我倍感光榮。」

何況既然他這麼高興，雫也覺得這樣不差。雷蒙德率直地表達情緒的樣子，莫名令她聯想到弟弟。就人種來說，一般公認在青年時期，雅利安人看起來會比黃種人成熟，但雷蒙德雖然和雫同年，在雫眼中卻比較稚嫩。

（……不對，不是雷稚嫩，是達也同學看起來成熟。）

雫在腦中改變想法，再度看向雷蒙德。

「只有你一個人？」

「我不打算陪伴緹雅以外的女性。」

順帶一提，今天的宴會並非沒男伴陪同就無法參加。

「我不是指女伴。」

總之，雫依照自己感覺到的疑問指出對方的誤會。

雷蒙德慌張到令人覺得有趣的程度。

「咦？那個……是啊，要說只有我一個人確實沒錯……吧？」

雫內心希望他別這麼反問，卻沒說出口。

因為雫看見雷蒙德身後頻頻擺手勢的男生們（雫看不懂手勢，但他們是在挑唆雷蒙德），就知道他說謊。就算這樣，雫也沒興致責備這一點。

「那個……緹雅，關於上次妳委託的事……」

雷蒙德大概是看苗頭不對，明顯試圖轉移話題。

「雷。」

這樣正合雫的意，但她認為那種事不適合在這裡說。

「換個地方吧。」

雷蒙德被雫以強勢的語氣叫名字而閉上嘴，頻頻點頭回應雫的提議。

雖說是家庭宴會，但這裡是北山家為千金小姐挑選的寄宿家庭，因此比起普通飯店的宴會豪華許多。不只是室內，庭院也開放為會場。但畢竟是這個季節，來到庭院的人寥寥無幾。

雫在禮服上加披一件毛線披肩，走到冬季的星空下。她的身高在日本女性之中不算嬌小，但以美國基準則明顯歸類為「嬌小女性」的範疇。美式尺寸的披肩足以圍到腰際，但要抵禦隆冬的寒意依然不太可靠。

雫操作手提包裡的ＣＡＤ，在自己周圍設下暖氣力場，順便也讓雷進入效果範圍。暖氣力場也具備隔音效果。

「緹雅，謝謝妳……原來魔法這麼方便。」

「這種程度應該不稀奇才是。」

雫感覺這句話以奉承來說有些驚訝過度，但雷蒙德一副絕非如此般大幅搖頭。

「緹雅才剛來到這個國家不久或許還沒察覺，但是對我們來說，魔法並不是像這樣『實用』的東西。在這個國家，幾乎看不到魔法運用在日常生活。魔法是用來誇示力量、誇示知識、誇示地位的東西。」

「意思是捨不得用？」

「哈哈哈哈哈……總之，算是吧。」

聽到雫率直的感想，使得雷蒙德彎腰大笑。但他的笑有點不夠坦率。

「美國的魔法研究，除了利用在軍事的部分，大多只重視基礎研究。將魔法運用在民生或日常生活，被視為是低等行徑。但如果確定能用來賺大錢就是例外。正因如此……不，抱歉，我們並不是要討論這個話題。」

即使他看起來沒什麼煩惱，實際上也在各方面有自己的想法吧。

雫默默等待他說下去。

「那麼，進入正題。」

雷蒙德抬頭時，表情銳利繃緊到判若兩人的地步。

「首先，『吸血鬼』的出現是事實。」

雫對穗香說的「消息靈通的學生」、和達也約定的情報來源，就是眼前的雷蒙德。

「雖然原因不明，但我打聽到不像是毫無關連的情報。」

「說吧。」

「我當然會說。這是嚴密封鎖的情報，不過十一月在達拉斯，進行了以多次元理論為基礎的微型黑洞製造、蒸發實驗。」

「多次元理論？」

「抱歉，詳情我也無法理解。」

「沒關係。所以呢？」

問達也同學會明白詳情嗎？雫如此心想，催促雷蒙德說下去。

「實驗的細節不明，但是實驗進行之後，就觀測到『吸血鬼』的出現。」

雫深思約五秒後開口。

「雷蒙德認為這項實驗，和吸血鬼的出現有因果關係？」

「我剛才有提到原因不明。」

雷蒙德暫時停頓，整理自己的思緒。

「但我確信是這場黑洞實驗叫出了吸血鬼。」

雫不知道雷蒙德是從哪裡得到情報，又是以何種根據如此判斷。但經過這段短暫來往，雫知道他擁有某種能查出幕後真相的特異能力。這是他個人還是組織的能力，對雫來說不重要。

重要的是他的情報可以信任。

「……這樣啊，謝謝。」

「不客氣。畢竟這不是別人，而是緹雅的委託。如果我幫得上忙，隨時找我商量吧。」

就他人看來，雷蒙德的表態相當露骨，但雫本人只覺得「留學生的稀奇感覺不會維持太久」——沒人知道這份遲鈍是天生的，還是她受到最近的人際關係傳染。

◇ ◇ ◇

這天是達也難得空閒的週日，卻也不能就這樣穿著制服去某處遊玩。達也與深雪決定不繞路去任何地方，先行返家一趟。

今天不騎車，而是搭電車。兩人一如往常並肩坐在兩人座的電動車廂，深雪以惆悵的眼神，注視著哥哥眺望飛逝街景的側臉。

這次的事件使得達也有所煩惱。與其說煩惱，看起來更像是自責。達也平常不會煩惱於並未實現的可能性，所以他現在這副模樣相當罕見。

深雪希望哥哥能對她傾訴。

深雪不認為自己能成為多少助力，更絲毫沒想過能解決哥哥的煩惱。

即使如此，好歹能聽哥哥傾訴。即使無法分擔煩惱，也理當能共享。這是深雪的想法。

深雪抱持這個願望，持續注視哥哥的側臉。

「我好天真……」

不曉得是不是深雪的願望成真，達也輕聲低語。

「哥哥？」

深雪克制焦躁、壓抑願望，假裝完全沒察覺，不經意地詢問達也。沒說出口、沒轉為話語，詢問哥哥在煩惱什麼。

「原本以為和自己無關，結果卻這麼慘。無論是做什麼都遲了一步，明明有許多線索卻查不出重點。」

達也說得很抽象，但深雪直覺理解到達也所說的「線索」是什麼意思。

「您是指……莉娜的事嗎？」

達也的內心被深雪精準說中，不禁瞪大雙眼。

「傷腦筋……我真的凡事都瞞不了深雪。」

沒那回事！深雪拚命將湧上喉頭的這句叫喊吞回去。

達也心中盡是深雪不知道的想法。但是不能對哥哥宣洩煩躁情緒，應該自己努力理解——深雪如此告誡著自己。

「我打從一開始就知道莉娜有某種企圖，也有機會詢問，甚至可以硬是製造機會。但我因為不希望自己的生活起風波而放任不理，導致遲於應對。」

達也露出自嘲的笑容。

深雪承受著揪心的痛苦，默默等待哥哥說下去。

「不……我早就知道，即使我立刻採取應對措施，也不一定能防止被害，或許事態會更加惡化。可是……面對好友因而受傷的事實，我明知白費工夫卻還是不由得這麼想。」

深雪聽完達也的心聲，這次無法壓抑內心湧現的笑意。不是因為哥哥願意敞開心扉，而是基於哥哥所說的內容。

「哥哥……您變溫柔了。」

「深雪？妳怎麼忽然講這個？」

「不……哥哥原本就很溫柔，只是很不容易看出來。」

「抱歉，麻煩說明到讓我聽得懂。」

面對一臉困惑的達也，深雪已經不再掩飾滿臉笑意。

「原來哥哥也有無法理解的事情。即使是哥哥，也不明白自己的內心嗎？」

「妳太抬舉我了，這是當然。我不知道的事情多不勝數，也只能以鏡子看自己的臉。只能從左右相反的虛像想像自己的長相。」

「不愧是哥哥，在這種時候不會逞強。換句話說……」

深雪說到這裡暫時停頓，故意賣個關子。

達也明知這樣正合妹妹的意，依然不得不豎耳聆聽。

「哥哥無法原諒自己的好友西城同學受傷。您和莉娜即使只會是一時的朋友，您也不希望對這位朋友動粗。哥哥會對深雪以外的人投入情感，讓我好高興。哥哥比您自己想像的更具備人類應有的情感。」

達也轉回正前方坐好，閉上雙眼。

哥哥如此明顯地隱藏害羞情緒，令深雪覺得很有趣。

哥哥對自己展露這一面，深雪覺得好開心。

◇　◇　◇

「吉田學弟，確認東京鐵塔公園有訊號，正朝著飯倉路口方向移動。」

『收到。我現在位於櫻田大道的虎門路口附近。立刻趕往飯倉路口。』

「麻煩十分鐘內趕到。」

『我明白。預計兩分鐘抵達。』

通訊結束。真由美確認這次應該來得及，輕輕呼出一口氣。

上午討論之後的結果，是由真由美負責情報管制，克人與艾莉卡率領實戰部隊——以這樣的體制定案。

各方都明白內鬨有害無益，但都沒有主動合作，各自為政，導致互扯己方後腿。

基於這層意義，非得感謝達也以暗算的形式強制安排大家坐下來討論——但真由美覺得像是被當成孩子對待，內心實在不滿。

（給我走著瞧。情人節我要逼你吃下苦得要命的巧克力！）

真由美想像著達也驚訝的樣子而氣消，將注意力移回螢幕。

直到昨天的搜索，即便掌握了嫌犯的情報，也總是會被神祕的第三勢力搶先。抵達現場時，嫌犯就已經逃走了。

使用警方治安系統的己方為何慢半拍……甚至有人質疑部下之中有臥底。不過在「吸血鬼」真面目幾乎確定的現在，也大致猜得出第三勢力的真實身分。既然是ＵＳＮＡ軍的諜報部隊，應該會具備己方沒有的搜索手段。對方擁有未知技術，因此被搶先也在所難免。

但今天不只是尋找，還能在不受到第三勢力妨礙的狀況下追捕，因此局勢大幅好轉。達也提供的線索確實有益。

不過，達也設置的發訊機並不是很好用，應該說很難用。竊聽天線確實捕捉得到發訊機的電波，但是在交通系統高度發達的都市，三個小時可以移動很遠的距離。

電波每次的發訊時間是十分鐘，必須在這段時間內捕捉到目標對象。

這次使用市區監視器附設的竊聽系統才得知，無法以市區監視器追蹤吸血鬼。吸血鬼並不像傳說或是虛構設定所說，不會在監視器留下影像。然而傳說與虛構設定並非完全錯誤。再怎麼調整監視器的焦距，都只能朦朧拍到吸血鬼的身影。

頸部以上尤其誇張，完全無法辨別長相。市區監視器的追蹤系統是以臉部辨識系統為基礎，因此無法辨別長相就派不上用場。既然並未造成通訊障礙，七草家成員推測吸血鬼應該是使用某種讓光學機器失常的魔法。

三小時前與六小時前都被對方逃離，眾人搜尋至深夜。

但這次的預測似乎順利命中。

真由美為了縮小包圍網，聯絡正在汐留地區搜索中的克人。

◇　◇　◇

週末過後的教室，達也看見這幾天習以為常的光景。

艾莉卡趴在桌上。她今天很早到校是好事，不過看來剛抵達就精疲力盡。

（不對，難道她熬夜？）

「……那個，叫她起來比較好嗎？」

剛才在車站會合一起上學的美月壓低音量詢問。看艾莉卡熟睡的樣子，以正常音量說話應該也不會醒，美月應該也看得出這一點，但她依然不經意壓低音量，這肯定是生性使然。

「讓她睡吧。」

相對的，達也的回應非常乾脆。或許該說是對這種狀況看開了比較正確。

即使現在硬是叫她起來，至少她的大腦整個上午都無法正常運作。這是一眼就顯然看得出來的結果。而且達也其實也無暇顧及他人，處於沒有餘力的精神狀態。

◇◇◇

達也失去心理餘力的原因，在於時間追溯到半天前的事件。

電話在可說是達也與深雪剛用完晚餐的巧妙時間點響起。

對於接電話的一方來說，這是有人打來也不奇怪的時刻。

然而美西海岸處於深夜即將換日的時刻。達也會以為發生狀況而提高警覺也不足為奇。

「喂，雫？發生什麼事？」

正如預料，映在畫面上的是雫。但畫面上的樣子卻超乎預料。

雫穿著睡衣，而且是重視時尚風格的連身長睡衣，也沒披罩衫。

在客廳接電話也不太妙。高解析度的大畫面，映出比起直接見面毫不遜色的亮麗影像。

大概是絲質材質吧。微泛光澤的布料，不太能隱藏雫的嬌細胴體。

達也在夏季度假時看過雫穿泳裝的樣子，但畫面中的雫更加煽情。

若隱若現或許也造成效果。光是看不見就算了，連內衣線條都看不見導致效果加成。

就影像看來，雫上半身沒穿內衣。大量縫在睡衣上的蕾絲與細緻的褶飾遮住重點部位，但是只要衣服稍微歪一點，不該看見的部位似乎就會曝光。

一般來說，即使是達也，面對這種狀況肯定也會慌張。幸好現在他內心大多被擔心的情緒占據，所以沒有丟臉地不知所措。

「雫？妳怎麼穿成這樣！」

一起看畫面的同性深雪臉頰羞紅——雫的衣著就是如此不檢點。

『啊，深雪，晚安。』

「先別問候！至少披一件罩衫吧！」

『……好啊。』

雫一臉詫異，但仍然依照吩咐，慢吞吞披上罩衫。

『抱歉這麼晚打擾你們。』

接著她鄭重地低頭致意。

「我們這邊的時間沒有很晚……難道妳在喝嗎？」

雫說話有點口齒不清，和睡意造成的狀況有些不同。

『喝什麼？』

達也原本想說，卻還是收回要說的話。因為他察覺自古以來，講這種話總是毫無意義。

「沒事。不提這個，怎麼了？」

雫的思考能力似乎有些低落，但看來並非是毫無用意就打電話過來。達也判斷這時應該趕快聽她說明。

『嗯，我覺得盡快通知你們比較好。』

達也沒詢問她要通知什麼事，這份敏銳應該值得稱讚。

「妳已經查出來了？真了不起。」

『多誇幾句給我聽。』

雫以平坦的語氣央求，使得達也急遽感到全身無力。

（……是誰讓雫喝的？）

雫明顯喝醉了。看來心智因而稍微退化了。

「天啊，雫真的好了不起。所以妳查到什麼事？」

對方特地在（當地時間）深夜打電話過來，達也不願意出言催促，但為了彼此著想，這次還是早點結束通話比較好。因為雫即使喝醉，似乎也沒有醉到會失去記憶。

『出現吸血鬼的原因。』

然而，雫帶來的是注目程度超乎預料的消息。達也與深雪同時探出上半身。

『叫作多次元……什麼？好像是多次元什麼的黑穴實驗。』

「黑穴？雫，那是什麼？」

但雫後來說出了一連串超乎預料莫名其妙的話語，使得深雪頭頂冒出大量舞動的問號。是的——只有深雪如此。

『不知道。我也正想問達也同學。』

「是不是以多次元理論為基礎的微型黑洞製造、蒸發實驗？」

達也以低沉緊繃的聲音確認。

『對，就是那個。』

雫似乎並沒有注意到達也的語氣改變了（以她的狀況無暇注意），但深雪這時戰戰兢兢地觀察著哥哥的表情。

「做了那個實驗嗎……」

達也的聲音一如往常沉穩，不對，比往常還要冷靜。但深雪知道達也受到很大的震撼。

『那是什麼？』

深雪在這個時間點已經想掛電話了。她打算隨便編個「時間很晚了」的理由結束通話。她不希望繼續影響達也的心情。

但是雫在那之前簡短地做了個詢問。

「詳細說明很複雜，所以我簡單說明。」

而且達也回答她了。

「這個實驗是以人工創造極小黑洞，從中取出能量。因為預料生成的黑洞在蒸發過程中，質量會轉變為熱能。這個實驗應該是要確認這一點。」

深雪打斷話題的計畫失敗，不得已只能聆聽哥哥的解說，但是「質量轉變為能量」這句話擾亂了她的心跳。深雪內心再度浮現姨母的警告。

『這就是多次元理論？從異次元抽取能量？』

雫當然不知道深雪如此擔憂。即使她在畫面上看起來喝醉，卻提出這個學術性的問題。

「不，取出能量的過程本身和多次元理論無關。因為早已預料微型黑洞肯定會蒸發，不受到生成過程的影響。多次元理論是假設這個世界像是一層被封閉在高次元世界的三次元空間薄膜，在物理力量之中只有重力能穿越次元之牆，換言之重力大多外洩到其他次元，因此在這個次元，只能觀測到比原本小很多的重力。在基本粒子規模的極短距離，重力還沒外洩到其他次元，就會在這個次元的物體之間起作用，導致物體相吸的強度將遠超過一般規模觀測到的狀況。所以相較於不考慮多次元理論的狀況，以超脫常理的微小能量可以產生黑洞——這就是以多次元理論為基礎的微型黑洞製造實驗秉持的理論根基。」

『……深雪，妳聽得懂嗎？』

「很遺憾，我不太能理解。」

雫緩緩搖頭詢問，深雪也苦笑著搖頭回應。

「不過哥哥，剛才您講的這番話，哪裡和吸血鬼的出現原因有關……？」

接著深雪近距離仰望哥哥，有些猶豫地詢問。

達也俯視妹妹，接著目光移向畫面中的雫，說起乍聽之下毫無關連的事情。

「魔法改寫事象的過程不需要能量供給，也沒有留下物理能量供給的痕跡。這個物質次元沒有能以物理能量轉換的非物理能量，這一點被視為真理。但是移動系或加速系魔法，明顯可以在魔法發動之後觀測到能量變動，魔法就像這樣不受能量守恆法則的束縛。能量守恆法則看似被魔法否定了。」

「這是被稱為現代魔法第一悖論的問題。」

『這個問題，呃……我記得已經以命題本身不完整而作結才對。』

達也朝畫面上的雫一瞥。她的發音相當奇怪——應該說口齒不清，但看起來並沒有立刻會睡著的跡象。她的雙眼閃耀著求知的好奇心。要是說「改天再聊」，她肯定不會接受。喝醉的人會在奇怪的地方很頑固。達也如此心想，決定就這麼說下去。

「對。正如雫所說，能量守恆法則看似出現了漏洞，卻只是表面上如此。到頭來，能量守恆法則是一種演繹法則，不可能有任何現象違反這個法則。在適用於量子論的極小規模時間，可能會產生違反能量守恆法則的現象，但是事後來看，能量收支永遠都能打平。既然魔法同樣會造成物理結果，至少能量守恆法則在這個範圍應該會成立。能量守恆法則意味著封閉系統裡的能量總量永遠固定。既然觀測到能量總量產生變化，就代表觀測失準，或是這個系統並非封閉。」

「觀測得到魔法的這個世界並非封閉……聽起來像是和剛才的多次元理論有所連結。」

『原來如此！魔法所需的能量，是由異次元供給？』

「最近提倡這種說法的魔法研究員逐漸增加，我同樣也是這麼認為。而且假設多次元理論正確，『物理力量之中只有重力能穿越次元之牆產生作用』應該也具備某種意義。接下來我要說的是毫無根據，近似空想的假設……」

深雪與雫默默看著有些猶豫的達也。

「……作用於其他次元的重力，或許是藉此支撐次元之牆。魔法可能是以不破壞這面牆為前提，從異次元取出能量。魔法確實是不需要能量供給的現象，卻並非和能量收支無關。即使在可以觀測的範圍，能量總收支越接近零的魔法，有著越不容易失敗的傾向。」

達也將注意力移到自己的內側，深雪與雫注視著他。

「魔法式大概包含了某種程序，可以反向推算改寫事象時缺乏的能量，從異次元擷取能量補充。既然沒有觀測到物理能量供給的痕跡，代表異次元能量具備非物理性質，也就是魔法能量。魔法式會在事後將其轉換為物理能量。以這種方式思考就符合邏輯。」

兩名少女即使無法完全聽懂達也的說明，也直覺認定到這對魔法師來說相當重要，因而專注地聆聽著。

「次元之牆另一邊，是充滿魔法能量的次元，以重力支撐的次元之牆，阻止這種能量洩漏到物理次元。而魔法可以越過這面牆，將魔法能量拉到物理次元，補足能量總收支不足以打平的部分——我認為這是解決現代魔法第一悖論的系統。不過，要是以多次元理論計算的能量產生微型黑洞，越過次元之牆產生作用的重力會消耗在黑洞的生成程序。這麼一來，黑洞生成的一瞬間，或許會撼動次元之牆。」

「撼動次元之牆……會怎麼樣？」

『沒受到魔法式控制的魔法能量會洩漏過來……？』

深雪與雫隔著畫面相視。高解析度的鏡頭與螢幕，映出兩人眼中隱藏著同樣的擔憂。

「能量會自然地結構化，形成情報體。否則宇宙早就成為一無所有的均質化世界吧。異次元的魔法能量肯定也同樣會結構化。而在次元之牆受到撼動的瞬間，在異次元形成的魔法能量情報體入侵這個世界的可能性，我認為不是零。」

畫面那邊的雫微微顫抖。

畫面這邊的深雪，求助般地緊緊挽著達也的手。

◇　◇　◇

幹比古在第二堂課結束後才進教室。

「不要緊了？」

不是遲到。他今天同樣受到保健室的照顧。

「達也……我恨你。」

達也基本上是擔心才開口詢問，得到的回應卻充滿怨恨。

「喂喂喂，這句話真危險。」

達也很想當成玩笑話，但話中蘊含當真的情感，旁邊偷聽的美月甚至嚇得縮起來。

「好歹讓我盡情抱怨一下吧。那天後來不知道害我的胃有多麼痛……」

幹比古說著撫摸腹部，大概是回想起當時的痛楚吧。

「七草學姊就只是一直默默地笑咪咪，艾莉卡完全表露出不高興的樣子不說話……我非得一個人想辦法說下去。那種做白工的感覺如坐針氈……」

「十文字學長什麼都沒說？」

「你認為那個人會插嘴討論這種瑣碎的事？」

原來如此，達也可以接受。這真的是真由美、艾莉卡與克人「會做」的行動。

「那個……我不清楚是什麼狀況，但是很辛苦吧？」

美月由衷表現的同情之意，似乎讓幹比古稍微得到療癒。

美月後方的艾莉卡，一如往常地趴在桌上。

艾莉卡到了午休時間總算復活，而且一清醒就逮住美月發牢騷。

「妳有在聽嗎？至今一直只有一隻逃跑，卻忽然增加到三隻。不覺得很狡猾嗎？」

艾莉卡沒吃午餐就帶美月來到這間空教室——幹比古經常使用的實驗室。看來她的理性還足以判斷，在任何人都可能聽到的餐廳講這種話題不太妙。

「那個……應該吧。」

美月懾於氣勢點頭同意，但她其實不清楚是什麼事。她勉強只知道應該是「吸血鬼」的事，卻對現狀一頭霧水。「吸血鬼以隻為單位？」是美月現在的心聲。

「……不提這個，快去餐廳吧。不然午休時間快結束了耶。」

「我不太餓。」

因為妳一直在睡覺啊！美月很想指責這一點，但說出口可能會害得艾莉卡鬧彆扭到無法恢復的程度，所以她沒說。

（唉……沒辦法了。）

美月並不是在減肥——何況這種習慣（？）本身如今已經不流行了——卻還是放棄吃午餐。反正今天沒有體育課或是活動身體的實習課，少吃一餐也不要緊——美月如此說服自己。比起這個，她更在意另一件事。

「噯，艾莉卡，妳為什麼和達也同學吵架？」

這一瞬間，艾莉卡肩頭猛然一震。

「美……美月，妳在說什麼？我們沒吵架。我說沒吵就是沒吵。」

艾莉卡用力搖頭、擺動雙手。

從春天一直留到現在的成果——略長的馬尾（這是艾莉卡最近喜歡的髮型）隨著頭的動作彈跳。很明顯看得出她亂了分寸。

「不用這麼慌張吧……我並不是認為艾莉卡對達也做了什麼事。即使艾莉卡稍微超脫常軌，達也同學也會一笑置之吧？所以如果原因在於艾莉卡，你們不可能吵架。」

「這……這真難斷定是褒是貶……」

如這番話所說，艾莉卡露出「不知道該選什麼表情」的表情，說出類似抗議的話語。

「不是褒，也不是貶，只是事實。」

美月很乾脆地駁回抗議。

「居然斷言是事實，我覺得無法接受！」

「好啦好啦，總之我不認為原因是艾莉卡。」

情緒憤慨，卻莫名沒什麼氣勢的這個反駁，也被乾脆地帶過。

「美月，妳變強了……」

「如果妳不想說，我就不繼續問。要說嗎？」

即使試著以裝模作樣的台詞敷衍，也遭受直球回擊。艾莉卡精疲力盡地趴下。

「我們並沒有吵架啦……只是我單方面覺得尷尬罷了。我不打算拖到明天，所以今天可以放過我嗎？」

艾莉卡抬起頭，從頭髮與手臂的縫隙露出軟弱的眼神。

美月以食指抵著下巴微微歪過腦袋，像是在沉思一般。稍微往內捲的及肩鮑伯頭，配合頭部的動作晃動。微歪的臉立刻擺正。

「如果妳能斷定明天會恢復原狀，那也好。」

看來，這份心情沒符合艾莉卡的期待變動。

「就是說啊……唉～討厭討厭。」

艾莉卡本來就不相信扔著不管到明天就沒事。可能是看開了，她露出瀟脫的表情起身。

「到最後，我只是在對達也同學撒嬌罷了。我明明沒有請達也同學幫忙，卻擅自認定我就算什麼都沒說，他肯定也會跟著我們走。所以我看到他也幫那個女人，就覺得『這是劈腿～』而火大……討厭，我又開始難為情了。」

變紅的膚色，在掩蓋著臉的雙手指縫間若隱若現。看來所謂的難為情不只是嘴上說說。美月看到她莫名可愛的模樣，深深嘆了口氣。

「……剛才像是『打從心底感到傻眼』的嘆氣是怎樣？」

「雖然不是打從心底，但我的確很傻眼。」

艾莉卡從指縫投出犀利的目光，美月則是回她一個白眼。

艾莉卡收起眼中的鋒芒。

美月移動到艾莉卡的正面（雖說如此，也只是讓椅子換個方向，重新坐好），伸手讓艾莉卡掩著臉的雙手放下。

「到最後，妳只是逞強導致陷入自我厭惡吧……我覺得這就叫作『唱獨角戲』。」

「嗚！美月毫不留情的這句話，掏挖著我的內心啊～」

「我現在是說正經的。」

「……對不起。」

或許是美月的錯覺，總覺得艾莉卡的身體看起來縮小了。

「艾莉卡。坦白說，達也同學不可能主動接近。」

「……果然是這樣？」

「雖然不是去者不留，但他要是認定妳在『迴避』，就會一直扔著不管耶。因為達也同學本來就滿腦子都是深雪同學。即使不到刻意表現的程度，至少也要待在他的視線範圍，否則他或許甚至不會想起妳耶。」

「……有可能。」

「我可以斷定，達也同學完全不在意艾莉卡在意的事。妳越是在意只會越吃虧。一定是這樣子沒錯。」

「這樣啊……說得也是呢。面對那種形容為遲鈍也不夠，有著鋼鐵神經的男生，就算我難為情也沒用。」

艾莉卡緊握拳頭。

美月見狀露出溫暖的笑容。

幹比古剛好在這個場面入內。

「啊，妳們果然什麼都沒帶。」

幹比古一進門就忽然講這種話。兩人詢問「什麼意思？」之前，他就從手上的塑膠袋拿出了三明治。

「來，艾莉卡，紅蘿蔔鮪魚馬鈴薯沙拉。柴田同學愛吃雞蛋三明治吧？」

「咦，為什麼？」

「謝……謝謝。」

「不用客氣。」

這是對美月的回應。

「需要問為什麼嗎？得稍微吃點東西才行。就算睡覺一樣會餓吧？」

這則是對艾莉卡的回應。

「哇……Miki挺貼心的嘛。」

「我很想回答不用客氣，但這其實是來自達也的慰問品。他說妳似乎在迴避他，所以要我拿過來給妳。」

艾莉卡與美月聽完幹比古的回應之後轉頭相視。

「看來沒被遺忘……」

「但早早就被扔著不管了……」

艾莉卡突然顯露決心，站了起來。

「怎……怎麼了？」

面對瞪大雙眼的美月，艾莉卡朝她用力握拳振臂。

「達也同學，既然你想這樣，我也有自己的想法！我絕對不會讓你把我當空氣！」

「明明他每次找妳，妳就會逃走……」

「Miki，你剛才說什麼？」

「沒什麼，我是說趕快吃比較好。」

幹比古取出自己那一份，沒和她對看就如此回應。不愧是來往已久的青梅竹馬，即使偶爾會踩到地雷，依然擅長應付艾莉卡。

總之艾莉卡先坐下，三人正要一起吃三明治的瞬間，事件發生了。

「好痛……！」

美月忽然拉下表情緊閉雙眼。三明治鬆手落下。艾莉卡俐落地在半空中接住。但這是反射動作，艾莉卡的目光與幹比古的目光，都朝向突然痛苦起來的美月。

美月取下眼鏡，以雙手按住眼睛，嘴裡發出痛苦的低語。

「……這是……什麼……我沒看過這種光暈……」

幹比古察覺發生了什麼事，連忙取出符咒架設結界隔絕靈力波動。他這種做法是突破「禁止攜帶ＣＡＤ」這個校規的盲點，但現在場中沒人在意這種事。

幹比古將注意力移向戶外，同樣察覺這股波動。

「這是『魔』的氣息……」

不是想子波，是靈子波，所以艾莉卡感應不到，幹比古也直到注意力對焦才察覺。

純粹的「魔」之波動穿越結界流入。既然是這種強度，難怪會抵銷鏡片隔絕光暈的效果，對美月的眼睛造成影響。

「柴田同學，戴上眼鏡。」

不過，在以結界緩和的現狀，抗靈光塗料鏡片應該就能隔絕波動。正如幹比古的預料，美月再度戴上眼鏡之後就穩定下來。

至此總算有餘力思考發生什麼事——艾莉卡與幹比古臉色蒼白地面面相覷。

「難道吸血鬼來到學校？在這種大白天？究竟是什麼目的？」

「好大的膽子！Miki，地點在哪裡？」

艾莉卡起身的力道，導致椅子發出響亮的聲音倒下。但她看都不看一眼，以臉貼臉的氣勢進逼到幹比古面前。

「艾莉卡，冷靜下來。」

幹比古也站了起來，以冷靜但嚴肅的聲音回應。

「先去拿武器吧。我身上只有符咒也不太能安心。」

「……也對。美月，回教室等我們吧。」

「我也要去。」

美月搖頭回應艾莉卡理所當然的指示。

「美月？」

「我覺得我最好也一起去。不過……我不知道原因。」

她的語氣很柔和，卻感受得到深處有著堅定不移的決心。

「……我明白了。但是千萬別離開我。」

「Miki？」

幹比古出乎意料的這番話，使得艾莉卡瞪大雙眼。但他是謹慎思考之後如此回應，並不是順應氣氛答應。

「相較於獨處時遇襲，共同行動較容易應變。而且柴田同學的眼睛肯定能成為助力。」

「喔……Miki，既然這樣，你要負責好好保護美月。」

艾莉卡如同不想再浪費時間問答，跑向保管CAD的事務室。幹比古也緊跟在後。他與美月都非常清楚，現在不是上演戀愛喜劇或青春連續劇的場合。不過，為了避免將美月拋到後頭，牽手一起跑也是無可奈何的事情——幹比古如此對自己辯解。

◇　◇　◇

希兒薇雅．瑪裘利．法斯特准尉被派遣來到日本，擔任安潔莉娜．希利鄔斯少校的輔佐。雖說如此，希兒薇雅的任務不只是照顧莉娜。

STARS的隊員分為一等星級、二等星級、星座級、行星級、衛星級。其中的一等星級、二等星級、星座級是正規戰鬥員的待遇，行星級、衛星級的任務則是後勤或非法諜報。這當然是原則上的職責分配，例如莉娜身為一等星級，現在卻受命進行非法諜報任務。

希兒薇雅是行星級「水星」的「一號隊員」，基本職責是後方支援，擅長使用魔法技能收集並分析情報。這次的任務也是基於這個層面而大大期待她的情報處理能力。如今她在不同於大使館而設置的祕密據點中分析想子波形式。

她正在進行的工作，是查明和莉娜交鋒之後逃之夭夭的白面具怪客真面目。她加入的團隊正在核對USNA軍相關人員與政府職員的資料，確認從怪客身上採集的想子波形式特徵，是否和某人相符。

屬於CAD核心元件的感應石，具備將想子訊號與電流訊號雙向轉換的功能。此外，無論是不是魔法師，人類在什麼都沒做的狀態，依然會不斷釋放微量想子。釋放的想子經由感應石轉換為電流訊號進行適當處理，就可以用電子形式記錄想子波形並顯示在螢幕上。不過比起顯示在平面螢幕，轉換回想子波進行觀察更加容易在短時間內看出細部差異。所以不是魔法師也做得到的這項工作，依然投入接受過想子波識別訓練的魔法師。

雖然並沒有收齊ＵＳＮＡ全軍以及政府所有官員的資料，但也幾乎囊括魔法界的相關人士。和魔法無關的人士不在STARS的守備範圍。希兒薇雅暗自祈禱無人符合，繼續核對波形。

他們首先確定STARS沒人擁有一致的波形。在STARS以外的實戰部門，有相似波形的人也全部擁有不在場證明。今天起要核對軍方魔法技術部門所屬的成員。正午過後，在差不多要吃午餐的時候，希兒薇雅發現一個令人在意的資料。

（咦？不會吧……）

◇　◇　◇

莉娜一邊和A班同學（深雪她們以外的人）用餐，一邊煩惱接下來要做什麼。午休時間一小時，還剩下約三十分鐘，午餐大概再五分鐘就會吃完。平常總是換個地方享用餐後茶，或是以臨時幹部的身分到學生會室露面，不過今天——

（……和米亞見個面比較好吧？）

莉娜的鄰居，就某種意義來說也是同事的「米亞」——米卡艾拉・弘格在馬克西米利安研發中心臥底，今天以社員身分造訪第一高中。莉娜一直忙著執行追捕逃兵的任務，因此這幾天沒見到米卡艾拉。雖然沒什麼事情要找她，但確實是見面的好機會。

正在思考這件事的莉娜，手的動作與臉上表情沒露出破綻，話題轉到自己身上時也是妥善地附和。在用完最後一道菜色沒多久……

（這是？）

莉娜差點反射性地起身，卻在微微離開椅面時打消念頭。幸好同席的同學們以為她只是稍微換個坐姿，沒有特別質疑的樣子。莉娜露出無礙的客套笑容，拚命壓抑腦中盤旋的焦慮。

異質波動於一瞬間膨脹。周圍學生們看起來沒察覺，原因應該在於這並非魔法的氣息，並非想子的波動。莉娜最近遭遇並交戰好幾次，所以感應得到。這是蒙面怪客「吸血鬼」的氣息。她大致掌握得到方向，是廠商出入的後門方向。

（對了，米亞！）

莉娜注意到場所之後，剛才的思緒連鎖回到腦中。現在剛好是米卡艾拉將要抵達第一高中的時段。既然是以交貨業者一員的身分前來，那麼應該會走後門。

「——不好意思，我想到有點事情要辦，先告辭了。」

莉娜向同席的同學鄭重道歉之後起身。

◇　◇　◇

（居然是偽裝解除法陣……看來不該小看這裡只是一所高中。）

馬克西米利安研發中心的小型連結車裡，發出了無言的聲音。回應的是如同蜂群振翅的喧囂聲，這是人類聽不見的靈子波動，吸血鬼以意念交織的「聲音」。蘊含在「聲音」的意志是七成肯定、三成否定。沒有整合為一，相對的，也沒有分成個別的自我。

（妳認為被察覺了嗎？）

法陣沿著圍牆與門堅固地架設。靈子波的隱藏與想子波的偽裝，都只有短短一瞬間晃動。鮮少有魔法師能識別靈子波，而且先不提靈子波形，他們的想子波形幾乎和人類沒有兩樣。

連結車上的吸血鬼「個體」發出意念詢問，靈子的喧囂聲則是從「內側」回應。如果有個第三者感應得到意念流向，這個觀測者的問答看起來應該就像是自問自答吧。這次的答案是九成否定——判斷對方並未察覺。

（我也這麼認為……果然不應該來這裡。）

為了她表面上的目的，今天能大搖大擺進入第一高中校區的這份工作是大好機會。但若考量她真正的目的，踏入架設滿滿的感應器與對抗術式的第一高中，是個必須冒著無謂的高風險的行為。她基於表面上的立場無法拒絕這份工作，但或許就算捨棄現在的立場也不該來這裡……她開始陷入這種不安的思緒中了。

◇◇◇

達也用餐之後來到校舍樓頂。

由於先前打壞了艾莉卡的心情，因此今天是達也、深雪與穗香三人一起吃午餐。這一幕在旁人眼中是享盡了齊人之福。不，實際上也是齊人之福，因為深雪與穗香都沒有隱藏自己對達也的好意。不是不想隱藏，是她們看起來就沒有「隱藏」這種概念。

或許是在所難免，但周圍不時投來的視線，即使達也心臟夠強也同樣覺得不自在。因此他從餐廳逃到這裡。

第一高中主校舍樓頂是一座小小的空中花園，還設置時尚的長椅，是校內頗受歡迎的場所。不過在嚴冬的這個時期，幾乎沒有強者在戶外強風吹拂的此處打發時間。

今天溼度偏高，體感溫度稱不上嚴寒，即使如此，樓頂依然只有他們三人。或許有人認為可以用魔法解決寒冷問題，但校內除了部分例外，禁止學生攜帶ＣＡＤ。並非沒有ＣＡＤ就無法使用魔法，但也沒有怪胎為了確保午休場所而花工夫做出「不透過ＣＡＤ發動魔法」這種不熟練的行為。不過這裡的三人是獲准攜帶ＣＡＤ的部分例外。現在深雪使用隔絕寒氣的魔法，使得三人得到短暫的悠閒時光。

再三強調，深雪的魔法籠罩著三人運作中。深雪使用的魔法是將氮氣液化製造凍氣。即使方向性相反，要阻斷這種不到冰點以下的寒氣，對深雪來說易如反掌。

所以不可能會冷。

然而，穗香卻挽著達也，緊貼到毫無縫隙。

穗香做出這個暴行（？）的瞬間，深雪也投以冷靜（或是冰冷）的目光，但現在則是如同較勁般挽住達也另一隻手。

託她們的福，達也無法自由行動，就像是雙手被架住。

若是在這時候滿臉通紅還算可愛，但即使相當豐滿的胸部從兩側壓過來，達也依然只是一副「真拿妳們沒辦法」的表情苦笑。主張「就算你被人家從背後捅一刀也無從抱怨」的男學生肯定不在少數。

深雪與穗香不知為何從剛才就沉默不語。仔細一看，兩人耳朵與臉頰都泛紅。這理當不是因為寒冷，換句話說應該是那麼回事。達也覺得既然這樣，她們明明只要放手就好——如此心想的達也即使不到遲鈍的程度，也無法免於被批判不懂女人心。

不過，他並不是進入這種狀態之後就一直想這種事。達也夾在沉默不語的兩人中間，讓思緒沉入目前面對的事件。

剛開始，他認為「吸血鬼」是基於某種目的襲擊人類。現狀只知道他們會襲擊魔法天分高的人，奪走鮮血與精氣。

他們為何拿魔法師當目標？

奪走血具備何種意義？

到頭來，逃離美軍的他們為何來到日本？是因為他們的目的只能在日本達成？還是和他人的意圖有關？

找不到答案的迷途思緒，不知何時朝向「吸血鬼」的真面目。

（「吸血鬼」的真面目，肯定是古式魔法師之間歸類為「寄生物」的存在。）

（師父假設寄生物是源自人類精神活動的獨立情報體，應該可以認定這假設正確。）

（USNA的微型黑洞實驗成為事件的導火線。雫的這個情報也值得信任。）

（既然這樣，這個事件是從異次元入侵的情報體引發的……這是我的假設。）

（問題在於「從異次元入侵的情報體」這個概念，如何和「源自人類精神活動的獨立情報體」這個概念連結。）

（到頭來，「精神」的主體究竟位於哪裡？異次元？高次元世界？還是「根本不存在於任何地方」呢？）

（若要這麼說的話，「情報體次元」在哪裡？「個別情報體」呢？）

達也察覺思緒差點陷入瓶頸，微微搖頭。他以這個動作重設思緒。

（有兩種可能性。）

（一、寄生物是從異次元入侵。）

（二、從異次元流入，不受控制的某種能量，活化原本就位於這個世界的寄生物。）

（到最後，要是不曉得寄生物——源自人類精神活動的獨立情報體真實身分為何，就無從得知更進一步的事情。）

（既然這樣，就應該思索如何發現它、解析它。）

（如果是源自精神的情報體，構成要素很可能是靈子。）

（靠我的知覺能力就算可以發現，卻無法解析嗎……）

他的思緒，因為深雪忽然動起身體而中斷。

「深雪，怎麼了？」

剛才的動作完全沒有嬉戲的意圖，是源自不快感的下意識動作。

達也的語氣並非偏袒深雪。察覺了這一點的穗香，也讓緊貼的身體離開，並且在同一時間發抖。這是因為隔絕寒氣的魔法失去了效果。

「啊，不好意思。」

深雪立刻操作另一隻手所握的ＣＡＤ。

寒氣立刻遠離。

但深雪的臉色依然不佳。

「慢著，不提這個，怎麼回事？」

達也絲毫沒露出覺得寒冷的樣子。他使用自我修復魔法接受和死亡相鄰的鍛鍊至今，無須對這種程度的寒冷逞強。比起寒冷，他更在意妹妹展現的異狀。

「……感覺有一股非常不舒服的波動擦過肌膚……沒事，應該是我多心吧。」

深雪十分愧疚地搖了搖頭，似乎是對於打擾了達也的悠閒時光抱持罪惡感。但達也並沒有接受深雪的謝罪。

「不舒服的波動？是想子波？還是靈子波？」

這件事和剛才思考的事情不可思議地符合，達也無法當成只是自己多心了。不過，這個詢問並沒有意義。

「不曉得……但是既然哥哥沒察覺，應該是靈子吧？」

因為如果是想子波，達也不可能沒察覺。

達也聽到這番回應，有種敗給深雪一次的感覺，卻立刻換個念頭，認定現在無暇思考這種悠閒的事情。魔法科高中某些地方設置的終端機，和機密資料多不可數的國立魔法大學直接連結，因此從保密觀點來說，保全等級必須和魔法大學相同，而且實際上也施加嚴密的保全系統。可疑人物或偷拍、竊聽的防治當然不在話下，對於魔法入侵手段採取的對抗措施尤其嚴謹。

剛才突然產生的靈子波，應該是觸發了對抗術式。要是隨時釋放令人不快的魔法波動，這個國家的警方絕對不可能置之不理。從現在感應不到這種波動來看，就知道釋放波動的源頭有能力控制自己的靈子波。

不能只基於「感到不舒服」這種理由就斷定對方有害，但是能樂觀看待的理由更少。現在這種狀況更是如此。令深雪感到不快的對象，很可能是現正敵對的吸血鬼。

達也在腦中列出尋找靈子波源頭的方法，開始檢討哪種方法最合適時，情報終端裝置發出聲音。是語音通訊的來電訊號。達也將通話元件抵在耳際。

『達也學弟，不得了！』

緊接著，這句話毫無前兆地突然從話筒傳出。如果是個性怯懦的人，即使實際上不是什麼大事，光聽這句話（即使接在「不得了」之後的是「不倒翁跌倒了」也一樣）就可能陷入輕度恐慌。達也或許從平常就認為對方打電話時好歹要先講自己是誰，但現在不是抱怨的時候。而且對於達也來說，這通電話來得正是時候。

「七草學姊，妳知道詳細位置嗎？」

打進吸血鬼體內的發訊機，還沒超過運作的極限時間。如果入侵校內的吸血鬼是那個個體，只要介入學校的LPS（Local Positioning System）就能鎖定現在位置。前學生會長真由美應該知道LPS的管理者代碼才對（這當然是超出學生會長權限的違法行為）。

『吸血鬼在校內——呃，你知道的話就可以長話短說。至今追蹤的訊號，正從後門朝著實驗大樓的器材搬運入口移動。馬克西米利安的社員預定今天前來展示新型測量裝置。』

（換句話說，對方混入其中？）

達也迅速讓思緒遊走，為了節省對話時間而簡短回應。

「了解。」

吸血鬼為何在現在，又為了什麼目的來到第一高中？達也將和剛才的深思相關的這個問題暫時放在一旁，迅速起身。

他按下安裝在腰帶的飛行演算裝置按鈕，就這麼翻越圍欄。

深雪也跟著發動飛行魔法。

只有沒隨身攜帶飛行演算裝置的穗香留在樓頂。

◇　◇　◇

除了學生會幹部、風紀委員等部分例外，學生在校內都禁止攜帶CAD。因此學生要在上學時將CAD交給事務室保管，於放學後領回。

除非來到放學時間，否則交付保管的CAD不會輕易還給學生。春季發生那個事件時，由於任何人都看得出是緊急事態，所以校方破例歸還CAD，但今天察覺異狀的只有極少數的師生。很遺憾，事務室負責人不包含在極少數之內，因此不受理艾莉卡與幹比古的歸還要求——但這是只有他們兩人的狀況。

「吉田，怎麼了……啊，你明明沒帶收訊機，居然能發現這件事。」

克人在艾莉卡和負責人爭論時前來。

「十文字學長。」

就算艾莉卡再怎麼輕佻，依然不得不重視克人的存在。這和輩分無關，她無法忽略器量與技術的差異。

艾莉卡抽身之後，克人將手放在櫃檯，微微探出上半身。光是這樣，負責人——學校職員就懾於這名學生的氣勢。

「現在是緊急事態，請您歸還CAD。」

其實基於不成文規定，社團聯盟幹部也有攜帶CAD的特權，但克人將總長職務交接給服部之後就乖乖遵守規定。

「可……可是，還沒到規定的時間……」

「現在是緊急事態。」

就算這樣，他似乎也不打算受到規定的束縛。對於剛強地想盡忠職守的女職員，克人進一步施加壓力，導致這個大人血氣盡失到可憐的程度。

「不處理這個事態，恐怕會招致嚴重的後果。請歸還ＣＡＤ。」

「……請稍待。」

應該不能以「脆弱」批評這個職員。只有實力夠強的人才能違抗克人的意志。

「這兩人是我的助手。」

「……我明白了。」

不過，職員的樣子依然引人同情。

◇　◇　◇

莉娜順勢跑來這裡，卻在看到米卡艾拉搭乘的連結車時畏縮不前。她原本就抗拒被熟人看到自己當高中生的模樣。如果只是穿制服的樣子被看見還不算什麼，但是被人看見她混在貨真價實的高中生之中假扮學生，她就會莫名難為情。

何況，獨自進入魔法工學產業頂尖製造公司的業務連結車，真的是適合高中生的舉動嗎？莉娜內心也產生這樣的迷惘。

莉娜本次的使命，是偽裝成高中生進行諜報任務。由於插入「處理變成異種生物的逃兵」這項額外任務，她的諜報活動處於停業狀態。何況她原本應該查明目標——亦即達也與深雪的真實身分，卻被對方知道自己的真實身分。莉娜也很煩惱自己事到如今是否還需要假扮高中生。

不過，即使達也他們兄妹得知莉娜的身分，其他的學生與教職員似乎還不知道。看來達也與深雪都不打算對他人透露「天狼星」的真面目。莉娜無法想像這是基於何種意圖。現狀她無法對知道祕密的兩人進行封口，因此她最妥善的選擇就是避免進一步露出馬腳。

目前應該避免做出引人起疑、不像是高中生會做的事情。

因此莉娜煩惱自己是否被准許到馬克西米利安研發中心的連結車上，拜訪米卡艾拉。

即使如此，她未曾想過不去警告米卡艾拉。這種想法或許天真，但她無法輕視對「戰友」所肩負的責任。

對任務以及對戰友的責任感，使得莉娜夾在中間兩難，舉止也變得不上不下。明明是偷偷摸摸避人耳目的態度，卻疏於警戒周圍。

莉娜即使在近距離看到走下了連結車的米卡艾拉，也只是鬆了一口氣，並未感覺到更進一步的狀況。

◇ ◇ ◇

雖說已確定地點，達也與深雪也無法魯莽到直接從空中降臨現場。引發首都騷動的吸血鬼，肯定有一具已經入侵校內，卻沒有實際引發什麼騷動。在觸發警備術式的時間點，對方應該已經受到監視，但馬克西米利安的社員是按照正規程序進入學校。沒有明確的理由不能亂來。

何況對達也來說，對方遭到監視是不便的狀況。他這次也是首度應付魔法師以外的魔物。要是貿然開戰並且不得已必須使用被指定為機密的術式，事後不曉得要花費多少工夫掩蓋事實與封口，光是想像自己知道的範圍就感到憂鬱。

若能確定被寄生物寄生的「吸血鬼」是誰，至少還有計可施，但馬克西米利安這次來了一組共六名社員。他們那樣集體行動，無法確認電波來自誰。就算這樣，達也當然不可能包含目擊者在內消滅所有人（這裡說的是正如字面所述的「消滅」）。因此達也他們躲在實驗大樓的空教室，監視停在器材搬運入口的移動實驗室（由貨櫃改造而成的連結車）。

「莉娜？」

深雪忽然發出低語。達也在妹妹出聲之前就察覺莉娜靠近連結車，但他這時再度將注意力投向金髮留學生。

一兩天前才發生那種事（兩人的「決鬥」時間是凌晨過後，所以日期是昨天），今天卻若無其事地來上學。從這種心臟的強度來看，不愧是大國精銳部隊的總隊長，但莉娜現在的舉動不上不下，不符合她神經大條的個性。

感覺不像是悄悄接近目標。因為她的注意力渙散，也沒有察覺達也這邊的視線。給人的印象是有所迷惘。

達也不經意看著莉娜的動向，發現一名應該是技師的女性，走向停在連結車旁邊的她。

莉娜的嘴唇做出「米亞」的動作。達也推測，這名女性應該就是ＵＳＮＡ軍潛入馬克西米利安的特務。

昨天訊問時，莉娜說她是為了逮捕吸血鬼而行動。不是假裝，是真的敵對。但她也同時說，即使知道躲在日本的逃兵是誰，卻不曉得暗中協助的是什麼人。她那邊的自己人很可能有人化為吸血鬼提供協助，而且還沒查出真面目。

（身為STARS的天狼星，怎麼可能會不曉得曾經正面相對，而且交戰過好幾次卻逃走的對象是誰……）

達也如此心想，並且冒著風險，以「視力」看向那名女性。

然後，他察覺了。擴張的知覺捕捉到其他觀察者的偵查手段。

許多「精靈」在這名女性的周圍飛舞。

◇　◇　◇

安潔莉娜．希利鄔斯在第一高中校區主動前來接觸。出乎預料的這個狀況，使得米卡艾拉．弘格困惑又緊張。即使兩人都肩負著找出神祕戰略級魔法真面目的任務，但莉娜與米卡艾拉的司令系統不同。莉娜的階級比較高，但無法想像她會下令或指使米卡艾拉做事。莉娜在這個層面具備過度的潔癖，講好聽一點是不世故，講難聽一點就是頑固的少女。但即使如此，米卡艾拉也想不到莉娜要找她幫什麼忙。莉娜是STARS總隊長，米卡艾拉只不過是一介魔法技師。

雖然這麼說，她也不能因為莉娜不是直屬長官就無視，這樣等同於要別人懷疑她。所以米卡艾拉主動走下連結車，努力裝作若無其事，緩緩走向莉娜。

她像是趕走蚊蟲般，朝著糾纏在周圍的精靈揮手。

◇　◇　◇

貌似技師的女性，就像是在驅趕「一般魔法師」理當看不見的精靈。幹比古見狀，就確定了她是「它」。

「是她。肯定沒錯。」

克人默默點頭，回應幹比古壓低聲音的這句話。

「那是莉娜。原來如此……她也是一夥的。」

夾帶怒氣低語的，是已將武裝演算裝置展開為小太刀形態的艾莉卡。達也與深雪知道這是誤會，但艾莉卡這麼認為也在所難免。

「我會架設阻斷視覺與聽覺的結界。不過騙不了機器……」

「這部分我來想辦法。」

幹比古與克人彼此點了點頭。美月藏不住害怕的表情，縮在幹比古身後。

「艾莉卡，時機還沒成熟。」

「我明白。」

艾莉卡確實在著急，但依然維持冷靜。幹比古聽到她的回應之後點點頭，扔出手上的符咒。六張短籤如同具備無形翅膀在低空滑行。符咒在圍繞連結車的正六角形頂點著地。

「開始吧。」

幹比古雙手結印。

術理和現代魔法不同的知覺妨礙領域魔法就此發動。

◇　◇　◇

「米亞……怎麼了？」

米卡艾拉像是在趕走蚊蟲般揮手，莉娜見狀疑惑地歪過腦袋。

如果現在是夏天，這個動作完全不會突兀，在春天或秋天也沒什麼好奇怪。但現在季節是冬天，而且不是暖冬，相當寒冷。室內還好，室外不可能有飛蟲盤繞。

「不，沒事。」

只聽聲音就覺得真的沒事，沒什麼深刻意義。但她的表情確實展現出動搖。如同犯下某種失策，依照狀況很可能造成致命傷——莉娜覺得米卡艾拉露出這樣的表情。

莉娜以直覺認定，首先得確認米卡艾拉犯下何種失策。

但她現在必須要求米卡艾拉離開這裡。莉娜的直覺呼籲她應該先確認米卡艾拉為何感到動搖不安，但她的理性主張要先協助米卡艾拉逃離吸血鬼的威脅。

這份迷惘逼得莉娜裹足不前。但幸好（？）她無須繼續煩惱該如何決定。

「——這是什麼？被包圍了？」

自己周圍出現妨礙知覺的領域魔法，使得莉娜暫時分神。

◇◇◇

「這是結界？」

即使是深雪，看到正在監視的大型連結車忽然不見蹤影，依然感到大吃一驚。達也對仰頭詢問的妹妹說聲「沒錯」點頭。

「是幹比古吧。本事真好。」

「是吉田同學的？」

和一科生或二科生無關，高一少年就能構築此等規模與強度的知覺妨礙法陣，深雪難掩更加驚訝的神色。

「效果是阻斷視覺與聽覺，沒有阻礙實體移動的效果……」

由於沒有事先討論，達也難免擔憂幹比古是基於何種意圖行動，但難得打造好的舞台，要是白白浪費就太可惜了。達也讓待機至今的語音通話恢復訊號。

「七草學姊，我是司波。」

『怎麼了？』

回應立刻傳來。看來對方也一直維持通訊。

「請關閉實驗大樓器材搬運入口附近的監視裝置錄影功能。」

如果這裡是市區，即使對方是七草家千金，達也的要求也是強人所難；但如果是校內，就某種意義來說恣意妄為至今的真由美應該做得到。

『就算我問為什麼……你也不會回答吧？』

「麻煩您。」

『唉……好，關閉了。』

仔細想想，真由美很寵達也。但達也一樣相當包容真由美，這應該算是「彼此彼此」。也可以說是「互相扶持」吧？

「深雪，走吧。」

「是，哥哥。」

達也與深雪彼此點了點頭，從藏身的教室窗戶跳了出去。

◇　◇　◇

白刃在眼前閃耀。迴避動作完全是仰賴直覺。

莉娜撞開米卡艾拉，自己也由於反作用力往後翻，在全身沙土的狀況下，從內袋取出舊型情報終端裝置。莉娜滑動側邊開關，裝置就前後分離，裡面出現一台平板狀的泛用型ＣＡＤ。臥底擁有也不奇怪的機關，並未讓襲擊者——艾莉卡感到困惑。

艾莉卡看都不看莉娜一眼，以單手突刺的姿勢，將蓄勢待發的小太刀尖端指向依然倒在地上的米亞。

「艾莉卡，妳要做什麼！」

莉娜邊喊邊構築魔法式，發動魔法要震飛艾莉卡。

這個魔法被覆蓋艾莉卡的反魔法護壁——事象干涉力的聚合物擋下。

「十文字克人？」

莉娜愕然回頭一看，眼前是如同巨巖的魁梧身軀。光看體格大小並不會令她覺得稀奇，但是存在感巨大到前所未見。

事前的調查報告也警告莉娜要提防他的力量。但實際體驗就不得不驚訝於校內還隱藏此等強敵。莉娜分神注意克人的這一瞬間，艾莉卡踏出最後一步進逼過去。

「米亞！」

擔心同伴的尖叫，被無法相信眼前光景的驚愕叫聲取代。

米卡艾拉空手接住小太刀。沒使用ＣＡＤ，就讓手掌纏繞防壁魔法。

莉娜記得這個魔法。和白面具怪客使用的魔法相同。

「怎麼回事……？」

莉娜愣愣地低語時，一聲細語像是抓準時機傳入她的耳中。

『莉娜，聽得到嗎？』

「希兒薇？」

『太好了！總算通了！』

這並非經過通訊機的對話，而是希兒薇雅擅長的魔法。不藉由肉體，振動空氣當成聲音，將空氣的振動當成聲音讀取。只要能夠鎖定對象即可通訊。不限距離，無視於障礙物，也不需要通訊機或竊聽器。

真要說的話，一般公認這個魔法的實用之處是竊聽，但是在通訊層面，也可以只振動外耳道空氣傳達訊息，不用在意隔牆有耳。雖然無法期待聽到聲音的一方能夠保密，不過在現在這種無暇拿通訊機的狀況，是一種方便的魔法。

『查出那個白面具的真實身分了！』

艾莉卡暫時拉開距離，和米卡艾拉彼此互瞪著。莉娜看著艾莉卡，但注意力集中在希兒薇雅的聲音上。

『是米亞！白面具的真實身分是米卡艾拉．弘格！』

莉娜的意識被空白所填滿。但這只是一瞬間的事。

「——米亞，妳是白面具？」

對莉娜來說，米卡艾拉只是隊友罷了。只是住處相隔一牆，偶爾會一起喝茶聊天的交情。即使如此，曾經好幾次和米卡艾拉搏命交戰的事實，依然造成莉娜不小的打擊。

和艾莉卡互瞪的米卡艾拉，將視線移向反應極為充滿人性的莉娜。但她的眼神並非主張自身清白，也不是表達悔恨，而是警戒敵人，不屬於人類的冰冷眼神。

「事到如今還講這什麼話！」

艾莉卡認定吸血鬼與莉娜同夥，莉娜的呼喚在她耳裡只是睜眼說瞎話。艾莉卡撂下這句話反駁她，揮動小太刀要砍殺露出破綻的米卡艾拉。

艾莉卡一個箭步拉近距離，水平砍向米卡艾拉的頭部。這一刀如同變魔術般改變軌道，鑽過米卡艾拉高舉防禦的手，從正面貫穿了她的胸口。

米卡艾拉無法置信般俯視自己的胸口。

就某種意義而言，這是理所當然的結果。

莉娜即使受過近戰訓練，卻是魔法師。

幹比古即使修習過武術，卻是術士。

而艾莉卡即使學得魔法，卻是劍士。若是在刀的間距以拳腳武器交戰，艾莉卡的實力比米卡艾拉至今應付的魔法師高出數段。

然而在下一瞬間，嚴肅繃緊表情的是艾莉卡。她從一開始就不在乎自己穿裙子，抬腿踢向米卡艾拉的腹部。然後藉由反作用力拔出小太刀，再以軸心腳大幅跳到後方。

米卡艾拉的右手橫掃過艾莉卡的殘影。彎曲成鉤爪狀的手指纏繞著角錐狀力場。胸口被刺穿的洞，在艾莉卡與莉娜注視之下瞬間癒合。

「治療魔法？瞬間就治癒那種傷？」

「看來是真正的怪物。」

莉娜愕然地驚呼。艾莉卡瞪著米卡艾拉扔下這句話。

「那麼，這招又如何？」

這個聲音來自連結車暗處。

隨著這個聲音，冬天的勢力驟然提升，凍氣集中襲向米卡艾拉。米卡艾拉在物理或魔法層面都來不及抵抗就被凍結。

「深雪？」

對於這個過於簡單的結局，艾莉卡不禁解除架式，以鬆懈的聲音詢問。出現在她視線前方的無疑是深雪，後方也有達也的身影。

『莉娜，發生什麼事？妳還好嗎？』

「現在還好。不過請加派有空的戰士過來。等等逃離時可能會有點火爆。」

『——明白了，我立刻安排。』

希兒薇雅以焦急的聲音詢問安危。莉娜以細微音量下達指示。

莉娜和希兒薇雅交談時，達也走到莉娜面前。

「Cut。」

莉娜迅速地低喃了一聲，中斷希兒薇雅的魔法。這麼做或許徒勞無功，但這是隱瞞底牌的處置。達也應該也有看到莉娜剛才在低語，卻沒有對此多說什麼。

「莉娜，她似乎是妳朋友，但我們要接收。」

達也說著，走向化為冰雕的莉娜鄰居。

「馬克西米利安的人們……你殺了？」

莉娜的詢問，使得達也露出不算是苦笑的表情。

「別講得這麼難聽。我只是讓他們睡一下而已。」

馬克西米利安的社員並非幫兇，也不曉得米卡艾拉的真面目，只不過是單純遭殃的民眾。要是他們造成騷動，莉娜或許有機會突破僵局。但是沒進一步造成他們的困擾，令莉娜鬆了口氣。

這是她毫不虛假的真心話。

「等一下。你可不能擅自帶她走。」

莉娜不得已接受這種處置而讓步，但艾莉卡取而代之地出面主張勝利者的權利。

「就達也同學看來可能荒唐，但我們有面子要顧。既然這女人是打傷雷歐的傢伙，即使是達也同學，我也不能把她交給你。」

艾莉卡沒擺出架式，但重新握好小太刀的手毫無多餘力道，必要的力道注滿各個角落，處於隨時可以開戰的狀態。

不，用不著看這種細節，看她投過來的目光就知道。

艾莉卡百分之百是認真的。

不過，這是天大的誤會。

「我不需要她。」

「啊？」

正如預料，艾莉卡聽到達也的回應，如同被虛晃一招般愣住。

「你們調查完這個女人之後，會處理掉吧？」

「處理」這個詞令莉娜緊閉雙唇，看起來像是拚命告誡自己沒有發言權。

「告訴我調查結果就好。」

達也沒看見莉娜這個表情。他同時將艾莉卡與克人納入視線範圍。

「由我聯絡吧。」

克人說完，達也對他行禮回應。

達也看著克人與艾莉卡。

深雪看著達也與艾莉卡。

克人看著達也與莉娜。

艾莉卡看著達也與深雪。

只有幹比古俯瞰現場，因此他最快察覺異狀。

「危險！」

由於事發突然，幹比古情急之下只能說出這短短的兩個字警告。即使如此依然達到警告的效果。釋放系魔法引發的空中放電，被克人展開的護壁擋下、被達也施展的對抗魔法抵銷。

深雪與艾莉卡轉身看向施放魔法的術士，接著同時困惑地佇立不動。

施放電擊魔法的女性依然凍結。具備肉身的人類……不對，即使不是人類，在這種狀態也不可能維持意識，不可能使用魔法——這是常識。

然而，常識被推翻了。電光籠罩冰雕。

「自爆？」

驚聲尖叫的是莉娜。

「趴下！」

克人與達也同時大喊。達也抱住深雪，幹比古以雙手護住美月，克人、艾莉卡與莉娜縮起身體擺出防禦架式。

米卡艾拉突破深雪的冰，身體著火，如同乾燥的紙張般瞬間燃燒殆盡。

接著──灰燼飛散消失之後，一無所有的地方出現魔法雷電，襲擊達也、深雪、莉娜、艾莉卡與克人等五人。

冬季天空積滿烏雲，彷彿隨時會下雪一樣。但電擊並非從雲層，而是從一無所有的天空如同驟雨灑落。不是打雷，電擊速度遠遠不及秒速十萬公里，是肉眼可以辨識的程度。那頂多是十字弓的箭速。

然而，這種高爾夫球尺寸的小型電球，依然足以剝奪人類的行動能力。要是同時中了十顆，恐怕會致命。

何況即使目光追得上，電擊在不到十公尺的距離射出，根本無暇準備防壁。之所以擋得下第一波攻擊，是因為剛才將自爆誤認是攻擊而展開的防壁效果還在。要是突然遭受這種攻擊，肯定沒辦法讓所有人全身而退。而且危機尚未解除。

深雪身後出現的閃光，在她還沒轉身之前，就被達也的魔法消去。

艾莉卡頭上出現的電球，被深雪製造的冰珠群導電消除。

克人的護壁擋下電光，莉娜的電漿驅離電擊。

雖然沒看到使用啟動式的跡象，但是製作電球以及對電球施加運動向量，都是以想子編織而成的魔法式引發的事象改變。眾人藉由解讀電子從分子分離後聚集至空中的事象改變徵兆，勉強來得及應付這種看似從隨機位置發動的攻擊。

沒看到術士。至少不在達也的「可視」範圍。達也的「視野」捕捉到的並非魔法師。

（那就是寄生物嗎！）

魔法是從漂浮在情報之海的靈子聚合物釋放。

幹比古與美月躲在連結車暗處，和另外五人有一段距離。

空中產生的閃光，在命中朋友們之前就消散。這是美月現在看見的狀況。沒看見魔法的徵兆或餘波。周邊結界幾乎完全隔絕魔法波動。幹比古依照剛才的經驗，判斷美月需要結界保護。而且多虧如此，兩人免於暴露在電擊之中。放棄肉體的情報生命體，似乎沒有認知聲光的手段，是以魔法波動感受這個世界。

朋友們身處的狀況不甚理想。寄生物的攻擊很零散，偏重於偷襲。感覺達也他們並沒有屈居下風。但他們無法反擊，不曉得攻擊者的位置。魔物的攻擊無法傷害達也他們，相對的，達也他們也無從解決魔物。

「好奇怪……為什麼不逃走……？」

幹比古的低語傳入美月耳中。

美月聽到這番話，突然在意起至今沒在意的事。

曾經是吸血鬼的寄生物，為什麼反覆進行這種不管用的攻擊？

寄生物不一定具備意志或判斷力，但假設這是基於本能或機械性的行動，它留在場中持續攻擊不肯罷休，肯定基於某種理由。

究竟是什麼理由？

這個疑問在美月的腦中穿梭。

在造成事象改變之前，就分解寄生物編組的魔法式。

由於沒有啟動式的展開程序或是類似的代替品，所以達也剛開始抓不到要領，但現在已經幾乎百分之百可以擊落寄生物的魔法。

得以從容應付攻擊之後，內心也有餘力感到疑問。

「司波，你覺得是為什麼？」

克人似乎也一樣。

達也與克人現在採取是背對背的陣型，將深雪、艾莉卡與莉娜夾在中間。雖然看不到彼此的臉，卻不會妨礙達也理解這個問題的意圖。

「我不曉得是故意的還是基於本能，但它似乎基於某種理由，想將我們留在這裡。」

「意思是只要它想逃，隨時都逃得掉吧。」

「至少我沒有捕捉它的方法。」

「我也是。更何況，我們根本不知道它在哪裡。」

達也和克人的狀況很像。即使看得見對方在情報體次元位於何處，也不曉得換算到現實世界是何處。對方在物質次元的座標並未被明確定義，和物質存在的關連性極為稀薄。如同只為了發動魔法，勉強以最底限所需的細線和現實世界連結。

何況對方是靈子情報體。即使知道座標，要是不知道構造，達也就沒有攻擊方法。

「莉娜，妳知道什麼情報嗎？」

達也講這句話的時候，一個轉身以ＣＡＤ指向艾莉卡後扣下扳機。即將在她身旁出現的魔法徵兆煙消雲散。

「……吸血鬼的主體是名為寄生物的非物質體。」

莉娜原本決定以沉默回應達也的詢問，但大概是領悟到現在不是這種時候而改變心意了吧。她不情不願地如此回答。

「是倫敦會議的定義吧。這我知道。」

然而，達也的回應使得莉娜整整語塞了十秒。

「……你們是怎麼回事？該不會日本高中生都像這樣吧？」

「放心，我們基於各種意義是例外。」

達也不是說「特別」，是說「例外」。不曉得莉娜是否理解背後暗藏的複雜心情。

「所以？」

達也自己也沒明確意識到這份心情，所以不懂也沒什麼好奇怪。

「寄生物附在人類身上使其變質。附身對象似乎有適合度的差別，但尋求宿主是寄生物的行動原理，等同於自我保存的本能。」

「換句話說，它想附在我們之間的某人身上？」

「應該是。」

「會怎麼附身？」

「不曉得。我也希望有人告訴我。」

「……真沒用。」

「真抱歉啊！」

毫不客氣地如此拌嘴的期間，達也與克人也同心協力地確實阻擋寄生物的攻擊。但寄生物的能量應該也有限，達也這時候懷抱的不是希望，是擔憂。

情報生命體的能量代謝系統，對達也而言完全是未知的事情，但他不認為對方可以無限使用魔法下去。要是寄生物判斷無法附在達也等五人任何一人身上（無論是基於意志或本能判斷），或許會移動到其他地方尋找宿主。

就算這麼說，刻意讓它寄生並非良策。達也並沒有如此過度地相信自己——眼下找不到突破僵局的方法。

「不妙……艾莉卡被盯上了。」

將美月保護在身後並觀察同伴們狀況的幹比古，下意識地如此低語。

「對方察覺艾莉卡沒有對抗手段嗎……」

艾莉卡的魔法技能很基本，實力偏向於應付實體對手的近戰技能。如果問題只有距離，她可以發射細薄銳利的衝擊波，但應該沒有技能可以應付無實體的敵人。

幹比古或許不願承認，但他在焦急。要是他稍微冷靜一點，肯定會察覺美月正豎耳聆聽。要是察覺這一點，他就不會貿然嘀咕這種事。

「至少要知道對方在哪裡，才有方法可行……」

美月聽到幹比古的自言自語，下定決心。

「吉田同學，請解開結界。」

「啊？」

幹比古並不是忘記美月的存在，但他聽到這個出乎意料的要求，有些慌張地回問。

「柴田同學，妳要做什麼？」

「我或許看得出來它在哪裡。」

幹比古聽到這句話，才總算察覺自己的心裡話不小心就脫口而出了。「糟了」的想法完全顯露在臉上。

美月並不在意。她以堅定意志抬頭直視幹比古。

「……不行，刺激過強。剛才它壓抑妖氣的狀態就造成那種影響，在如今解放妖氣的狀態直視，不曉得會發生什麼事。最壞的結果甚至有失明的危險。」

「我既然選擇成為魔法師，就下定決心要背負風險。艾莉卡現在有危險吧？要是現在幫不上忙，我擁有的力量就沒有意義，我在這裡也沒有意義。」

幹比古明白美月想說什麼。他也是在這樣的價值觀長大。

但美月出生在頗為富裕又平凡（前提是不具備魔法技能意味著平凡）的家庭，是隔代遺傳陰陽眼能力的少女。要不是她出生，根本不曉得柴田家祖先曾經和術士家系聯姻。美月的父母只擁有非常稀薄的旁系血脈，和魔法使用者應有的心態無緣。美月則是在這種家庭長大的少女。

是沒道理具備這種決心、不需要具備這種決心的少女。

不可以講這種話——幹比古很想對她這麼說。像幹比古這樣以魔法維生、取得許多利益的人種，可以抱持「自己是魔法的附屬品」的想法。而只是湊巧具備魔法天分而生的「少女」卻不應該如此。

幹比古無視自己也同樣只是「少年」的事實，思考著這種事。

「……我明白了。」

到最後，他只能點頭回應美月。束縛幹比古的名門魔法師價值觀逼他點頭。

幹比古從制服口袋取出了一塊折疊的布遞給美月。在美月不明就裡地收下之後，幹比古指示她打開看看。這塊布薄得出乎意料，面積約為領巾大，是吉田家參考名為「比禮」的神道寶具製作的魔法防具。

「把這個掛在脖子上。覺得危險就用這塊布遮眼。效果應該比柴田同學戴的眼鏡好。」

大概是因為幹比古加重語氣吩咐，美月毫不質疑地就將薄布圍在脖子上。緊接著，幹比古伸手過來，將她圍在脖子的布解開，改為從肩膀左右等長地垂在胸前。

美月因為脖子與肩膀被碰到，身體緊張得緊繃，但幹比古完全沒察覺。

「和我保證，絕對別勉強。艾莉卡一定也不希望有人為她犧牲。」

「……我保證。」

在幹比古筆直注視之下，美月忘了羞恥心而點頭回應。

幹比古「開始吧」的聲音，使得美月緊抓他所給的這塊布兩端。

明明只是回應「好的」，但光是短短這兩個字，她就得絞盡力氣以免聲音顫抖。
美月害怕到無法逞強說自己不害怕。
但不可思議的是，她沒有想逃的念頭。
她莫名確定這是自己的職責。
幹比古輕聲說出美月聽不到的話語。
下一瞬間，混沌波濤奔騰湧至。
甚至無暇感覺眼睛在痛。
劇痛走遍全身。
甚至不曉得哪裡在痛。
美月儘可能朝著幾乎跪下的雙腳注入力量，睜大雙眼。
自己平常不曉得從多少事物上移開目光、緊閉雙眼——美月有所體認。
化為異界的視野之中，有個異物特別顯眼。
美月直覺理解到這是寄生物。
寄生物使出的魔法，撞到克人的護壁後消失。
美月看見隱藏在電擊後面伸長的細絲。
魔物的「身體」延伸出好幾條同樣的絲。

細長的絲進逼到莉娜或艾莉卡時就被克人的護壁擋下，或是被達也的槍擊打斷消失。

她毫無理由地理解到，這些絲混在電擊之中，企圖順著生物電流入侵人體。

就她「看來」是這個樣子。

「在那裡！」

美月如同大銀幕另一邊的觀眾，俯瞰自己的嘴擅自編織話語、自己的手擅自指引方向。

「艾莉卡的頭上約兩公尺、偏右一公尺、偏後五十公分。魔物使用的接點在那裡。」

美月指向細絲用來伸向這個世界的洞。

幹比古甚至省下回應的時間，讓手指在CAD游走。他開啟扇型專用演算裝置記載明王身披之火的術式的短籤，注入想子回收形成的啟動式。

反妖魔術式「迦樓羅炎」——用來對情報體造成外部傷害的「炎」之獨立情報體，射向美月指定的座標。

具備「燃燒」概念卻沒呈現「燃燒現象」，和現象切離的情報體投射而成的魔法式，對寄生物造成了傷害。達也確實「看見」了這一幕。

即使敵人當前，他也不禁感到驚訝。

達也同樣也知道SB魔法——精靈魔法的基本原理。干涉浮游於情報體次元，和現象切離的獨立情報體，將獨立情報體紀錄的現象具體呈現。這就是精靈魔法的系統。

幹比古剛才展現的魔法，也是基於相同道理。不同之處在於並非在物質次元具體呈現現象，而是在非物質次元具體呈現情報。

如果是用來改寫情報的魔法，只要除去難度要素，就不算是罕見或創新。就某種意義來說，達也所使用的分解情報體的魔法，也是用來改寫情報的魔法。

但幹比古使用的魔法是利用「現象伴隨著情報，伴隨現象的情報紀錄於情報體次元」這個作為魔法理論根基的系統，藉由只產生伴隨現象的情報，不干涉物質次元，只干涉情報體次元。未在現實世界發生的「燃燒」現象，在情報體次元引發「位於那裡的物體燃燒著」的情報改寫。

這個魔法如同逆轉魔法系統的概念。然而達也更驚訝的是，至今只能模糊掌握到的寄生物座標，忽然開始清晰可見。如同原本不確定的參數突然得到具體數值。

達也腦中浮現「薛丁格的貓」這個詞。

必須打開箱子，才知道箱子裡的貓是死是活。這個思考實驗的本質，和提倡者的意圖不同，在於「原本不確定的事實，會在觀測者進行觀測之後得以確定」。無論採用哥本哈根詮釋或多世界詮釋，不確定的事實將由觀測者確定，這個結果是相同的。

在寄生物——被稱為「魔物」的情報體的狀況，觀測者進行觀測之後，不只是觀測者，同樣的事情也會發生在第三者身上？

美月視認之後，位於物質次元的存在就會變強？

既然這樣……

（這次是美月有危險！）

強到足以變更已身屬性情報的這種視線，寄生物不可能沒察覺。

達也連忙以「眼睛」專注觀察。

眼前即將展開他所擔心的光景。

思考只在一瞬間。

達也沒握ＣＡＤ的左手伸向美月。

看見的一方，會被看見的另一方看見。

無須引述尼采的話語，這是天經地義。因為如果想看見對方，就必須有一條視線的通道。既然有一條視線能通過的路，那麼對方也看得見。

美月視認寄生物，使得寄生物也「盯上」美月。

「來了！」

幹比古聽到美月像是慘叫的警告（說不定這真的是慘叫），連忙再度展開結界。

「在哪裡？」

幹比古儘可能提高臨時護壁的強度，向美月詢問寄生物的正確位置。

幾乎反射性地發動的防禦魔法，是將剛才的結界再度展開。

這是以藏身為主要目的的結界。

防止入侵的功能不高，一旦被對方認知，藏身效果就會減半。

幹比古本人知道必須主動攻擊。

但是美月沒有餘力呼應。

她按著雙眼蹲下。

幹比古無法責備美月。

幹比古知道美月未曾和「魔」對峙，是和這種經驗無緣的平凡女孩。所以艾莉卡要求幹比古保護美月，幹比古也是這麼打算。他早已知道美月面對「魔」無能為力，也預先保持距離避免發生這種狀況。

幹比古計算錯誤，導致對方進逼過來。即使美月正如預料陷入恐慌，也不應該責備她。

何況——幹比古也沒這種餘力。

寄生物伸出「絲」。幹比古看不見絲，卻知道「某種東西」混入電光，試圖纏捕美月。

幹比古並非一籌莫展。即使無法看清真面目，他也有法術可以斬斷靈力層面的干涉。幹比古這種古式術士專精的領域，原本就不是介入物質現象，而是應付靈異現象。

然而在同時，古式魔法的傳統法術大多需要很多時間準備，缺乏臨場反應的速度。這就是現代魔法晉升為主流，古式魔法甘於分流的理由。

即使如此，幹比古依然朝著結界被挖開的洞，施展阻斷魔物干涉的法術「驅魔斬」。雖然威力不如儀式魔法，卻是速度匹敵密教系魔法師所使用的「早九字」的法術。

模擬為劍的想子，斬斷寄生物伸出的絲。

然而，這終究是簡式法術。

即使能斬斷詛咒，也不足以斬除主體。

立刻有其他的絲伸長接近美月。

幹比古明知同樣的做法可能不管用，依然試圖使出驅魔斬。

——然而，他沒有揮下這把劍。

夾帶無形光輝的烈風，比幹比古的驅魔斬更快地將寄生物的主體連同「絲」捲走。

向幹比古借來的布，確實阻斷以她的眼鏡無法遮擋的噁心波動。

然而不可思議的是，美月只是不再感覺「噁心」，並不是看不見。寄生物閃爍著昏暗光芒，垂下好幾條細絲漂浮在空中的樣子，如同飛天的水母。

就算這麼說，恐懼感絲毫沒有減輕。

而且也有弊端。

即使閉上眼睛也不會看不見。會看見不想看見的東西。

伸長要入侵她的極細觸手。這就是美月所看見的東西。生理與本能的恐懼，甚至使她無法進行正常思考。

美月感受到幹比古在大喊，卻無法認知他在喊什麼。

要是這段時間再稍微延長，她的心應該會受到重創。

或許在身體被入侵之前，內心就會毀壞。

拯救她的，是閃耀的想子洪流。

半年前在實驗教室見到的相同光景，以更勝於當時的壓倒性魄力在眼前重現。

雖然是情急施展，但是在進行魔法戰鬥的現場，不可能有想子活性不足的狀況。雖然右手比較熟練使用分解魔法，但是術式解體和術式解散不同，雙手都能使用，而且不藉由ＣＡＤ也能擊發。達也將功率瞬間提升到極限的想子集中在左手。

寄生物在這個世界的存在，果然因為美月看見而變得確實。寄生物越接近美月，座標情報的誤差就減少，分布範圍逐漸聚合。

原本即使可以當成情報看見，卻不曉得位於何處，也不曉得該從何處連結的寄生物，如今達也同樣能清楚掌握它的存在。

只是他無暇告知。幹比古撥除的觸手（給達也的印象近似不定型原生生物的絲狀假足）立刻再生伸向美月。

雖然不甘心，但是沒有選擇的餘地。

——達也微微眯細雙眼。

——注視準心，想像射線。

——釋放凝聚在左手的想子塊。

設定由掌心釋放的術式解體想子洪流襲向寄生物，將觸手連同主體捲走。

「柴田同學，妳還好嗎？」

達也聆聽著幹比古慌張到整個人快翻過來的聲音，放下舉起的左手。

自己的無系統魔法造成正如預料的結果，他心有不甘地品嚐這份苦果。

術式解體名為「解體」，實際卻是以想子流壓力沖走情報體的魔法。如果作用對象是魔法式，產生的作用就是剝除情報體上的魔法式而癱瘓魔法，功能上屬於對抗魔法。

魔法式的情報構造遭受剝離時，大致都會因為衝擊而損毀，所以這個魔法名為「解體」，但是術式解體的想子流本身沒有破壞情報體的效果。要是情報體的構造比魔法式堅固，情報構造十分有可能只是被沖走而沒有損毀。

達也理解這一點，並且在剛才的場面下定決心使用術式解體。

這是為了拯救美月。

因為他想不到其他方法。

「逃走了嗎……」

達也無法回應克人這聲低語。在剛才的場面使用術式解體，很可能只會震飛寄生物，沒能給予致命打擊就讓它逃走。達也如此預測，而且事實正是如此。

「算了。對方雖然逃走，卻也不是全身而退。這次光是沒出現被害就該慶幸吧。」

克人這番話並非完全是一時安撫。面對寄生物所展現的出乎預料的反擊，己方的損害程度確實是零。但這次的遭遇戰是由己方挑起，或許對方沒有在此時此地開戰的意圖。

既然選擇進行並非無法避免的戰鬥，無人犧牲就是底限。首要目標是逮捕敵方，次佳的勝利條件是消滅敵方。若是做不到，就得取得解析敵方勢力全貌的有力新線索。

換句話說，從「達到戰鬥目的」的觀點來看，這次的結果近似零分，只是勉強沒負分。

（真淒慘……）

達也沒將這個想法說出口，在於他堅持要逞強。

說出口不會有好事。

深雪會在意。

美月會擔憂。

艾莉卡會受傷。

對於達也來說，這樣只會更加淒慘。他完全不想收下對方留下的這份贈禮。

〔9〕

「它」變弱了。

「它」原本不屬於這個世界，也不是自願來到這個世界。

「它」生性容易被強烈的靈子波動吸引。

狂喜、悲嘆、憎恨，以及願望。藉由可以改稱為祈求的渴望的靈子波動，「它」越過只在剎那之間晃動的「牆」，從無形世界被拖到記形世界。

越過牆的衝擊，使「它」分裂為十二個，寄宿在吸引「它」的人類體內。

「它」必須持續吸收靈子維持存在。因為「它」存在時會慢慢排放靈子。但在這個「有形」的世界，「它」無法獨力吸收靈子，必須和能收集靈子的有形物融合為一，才能補給靈子。

在只具備主體的狀態反覆使用力量，使「它」失去來到「有形世界」儲存至今的大量靈子。不只如此，還遭到高壓想子流沖刷，入侵物質次元的部位大幅削減流失，也在當時幾乎失去所有想子。想子並非「它」存在時必備的東西，但要是想子不足，就無法干涉物質次元。

「它」本身沒有高度思考能力。只是因為反映宿主深藏的想法或壓抑的衝動並增幅，而被世人喚為魔物。「它」本身具備的思考能力，只近似於想繼續存在的本能。即使如此，「它」貧乏的思考能力也理解到，以現在的虛弱狀態很難突破意志防壁得到新宿主。

必須找地方休息。找個無意志而蘊含大量靈子的地方。

比方說，沒有意識的軀體所流的血液裡。

比方說，因為擁有人形而可以聚集靈子，沒有意志的人偶之中。

避開人煙四處徘徊的「它」，在一高校區一角所建的倉庫裡，找到了用來休息的容器。

◇◇◇

七人聯手，好不容易擊退寄生物（不是收拾）的隔天早上——

「達也同學，早安。」

「美月、幹比古，早安……艾莉卡又是那樣？」

達也在教室遇見了以手托腮、將頭撇向一旁，展現不悅情緒的女性友人。

「達也早安……是啊，她完全在鬧彆扭。」

「並沒有！」

幹比古苦笑著點頭。艾莉卡在旁邊凶他一頓，再度恢復為「心情不好的姿勢」。

她進行如此淺顯易懂的自我主張，當然基於某個理由。

昨天午休時間，吸血鬼意外地變成堪稱情報生命體的形態，眾人被迫陷入預料之外的苦戰。好不容易擊退寄生物之後，達也位居六對一的壓倒性優勢，卻沒逮捕莉娜而直接放她走。

這惹得艾莉卡相當不高興。她認定莉娜和吸血鬼掛鉤。不只如此，寄生物化為情報生命體之後，艾莉卡一籌莫展。這是適任與不適任的問題，艾莉卡絲毫沒理由難為情，但她自己似乎在情感層面無法接受。達也要讓莉娜直接離開時，她頻頻提出異議，最後差點砍向莉娜——大概是遷怒。但艾莉卡也不是真的想砍，光是被架住就安分下來（不過從後方架住艾莉卡的幹比古，被她以性騷擾為藉口痛打一頓）。

但是艾莉卡沒有因此接受，從昨天午休之後就一直表達著不滿情緒。

「艾莉卡，妳也差不多該恢復心情了。」

即使達也直接搭話，她依然背對不理。

「我昨天也說明過吧？在那個時間點，『迎接的人』就已經逐漸聚集過來。」

達也在意周遭耳目而含糊其詞，這裡所說的「迎接的人」是指莉娜叫來的援軍。

「昨天光那樣就是一場大騷動。要是鬧得更大，整個事件就沒辦法完全瞞著其他學生。一個不小心會造成恐慌。」

——順帶一提，在幕後揮汗致力隱瞞事實的不是達也，而是真由美。

「我知道。可是……」

看來艾莉卡也明白這種事，就這麼背對著達也，老大不高興地低語。

「馬克西米利安的社員那邊也得善後。」

——此外，是達也造成他們需要善後的狀況，負責善後的則是莉娜（的部下）。

「我不打算宣稱莉娜完全清白，但她也沒有罪大惡極到在那個場面亂來。如果莉娜真的是敵人，她應該會再度攻來。到時候我不會留情。」

達也以一如往常的語氣述說，但話中蘊含肅殺意志，令艾莉卡不禁轉過頭來。

「……贏得了嗎？」

艾莉卡還不知道紅髮金眼魔法師的真實身分是莉娜。但光是在昨天對付寄生物的攻防，她就親身感覺莉娜的實力非比尋常。

「勝負靠機運。更何況，莉娜並不是一定會進攻而來。」

「但你不會留情？」

「是啊。」

達也說得過於從容，反而感受得到他多麼認真。在旁邊聆聽的幹比古完全被嚇到，美月則是明顯露出畏懼神色。但艾莉卡似乎很欣賞達也這種態度，心情完全好轉了起來。

◇◇◇

同一天，請假沒上學的莉娜，感受著可說是人生第一次的坐立不安。

說到屈辱的經驗，受邀參加總統茶會時，她接受過徹底的身體檢查，這對女性來說只能以屈辱來形容。但是在USNA大使館進行的這場審問會，和當時的不快感不分上下。

「……那麼，也就是說，妳貴為STARS的天狼星，卻對高中生一籌莫展，眼睜睜看著嫌犯被搶走，是吧？」

米卡艾拉．弘格後來自爆，所以最終沒被搶走。這句抗辯湧上莉娜的喉頭，但她明白審問委員並非把這種事視為問題，所以乖乖低著頭。

「而且據說這名嫌犯，就是在妳隔壁房間起居的管制員。明明時間長達一個月，妳卻沒發現真面目，是嗎？」

採用這個「嫌犯」擔任管制員的是你們吧？莉娜這次真的很想大聲頂嘴——但她知道自己不可能講得出這種話，所以壓力更是有增無減。

委員進一步嘮叨挖苦。即使魔法師是才能至上，但莉娜不到二十歲就掛階少校，USNA軍內部也有不少人嫉妒過於年輕的她。越是和實戰無緣的軍方官僚，這種傾向越強烈。現在位於她面前的男性（不知為何沒有女性獲選為審問委員）就是典型「不知實戰為何物」的高官們。

為了這種毫無意義的挖苦正經地思考或是火大，只是愚笨的行徑。因此莉娜放空腦袋，將其當作耳邊風。

「話說回來，少校的藥檢周到嗎？妳和感染者直接交流好幾次吧？是不是至少得確認身上沒有咬痕？如果還沒確認，應該當場檢查。」

但這種失禮蠻橫的論調，甚至可以形容為性騷擾的發言，還是令莉娜回過了神來。到頭來，這次的敵人只是為求方便稱為「吸血鬼」，但遇害者沒被咬。厚臉皮到沒看報告書就出席審問已經令人無言以對，這些老賊居然還得寸進尺，要求莉娜在這裡脫光！

「這樣對少校過於失禮吧。」

莉娜能在情緒爆發之前克制下來，是因為這個援軍來得正是時候。莉娜託福得以保住「明明年輕卻冷靜又深思熟慮」的風評（不是評價）。

「巴藍斯上校？」

這名女性突然闖入這場會議（以會議為名的逼問），想破口大罵的審問委員不只一兩人。但是認出她的身分之後，委員中沒有任何豪傑敢追究她的行為。

她名為瓦吉妮雅．巴藍斯上校。如果以STARS這個組織為前提思考，這個姓名只令人覺得是代號（畢竟是處女座加上天秤座），但這是如假包換的本名。雖然在前幾天正式步入四十歲，卻是看起來不像邁入不惑之年的瀟灑「大姊姊」。

不過，她受到眾人畏懼的原因，並不是上校軍階或是年輕的外表。何況如果要將軍階視為問題，場中的軍方官僚大半都有審問將官的經驗。

讓委員（講好聽一點）有所顧慮的，是她的職位。

USNA統合參謀總部情報部內部監察局第一副局長。

在整合加拿大軍時改組設置，不只是針對制服軍警，也查緝便衣軍警非法行為的內部監察局第二把交椅。這就是巴藍斯上校的職位。

基於任務性質，這名人物位於這裡並不奇怪，甚至沒有從一開始就找她來才奇怪——因為以她的地位與職位，前來日本進行審問的其他委員，不可能不知道她前來。

即使她突然闖入，也不可能對此吹毛求疵。

「恕我失禮，可以准我發言嗎？」

上校以犀利目光環視坐在高處的審問委員，只有語氣維持客氣地要求發言。

「啊……好，請發言。」

「謝謝。本官為什麼沒有從一開始就被叫來這裡，就找其他機會問清楚吧。」

審查委員半數露出怯懦表情，但巴藍斯上校只朝他們一瞥，就轉身面向莉娜。

「本次希利鄔斯少校肩負的任務，從她的職務及能力來看並不適當。本官認為將任務失敗歸咎於她並不妥當。」

室內一陣譁然。委員們認為巴藍斯上校之所以沒受邀加入審問會，是因為精通軍政與軍令的她要是列席，委員就無法暢所欲言。也有人認為身為女性的她會偏袒同為女性的莉娜。但她如此正面擁護莉娜超乎眾人預料。

「但是先不提責任歸屬，居於STARS總隊長地位，卻在魔法戰鬥技不如人，這是值得擔憂的事。因為『天狼星』是我國最強的魔法師。」

莉娜雙手緊握。對巴藍斯上校這番指摘最有同感的不是別人，正是莉娜自己。她咬牙切齒地懊悔到臼齒幾乎嘎吱作響。

「希利鄔斯少校當然期望雪恥的機會。對吧，少校？」

「那當然！」

上校點頭回應莉娜，隨後看向台上眾人。

「本官認為，應該讓希利鄔斯少校繼續執行現行任務。同時，本官提議當地的支援要提升到最高等級。」

「您所說最高等級的支援，具體而言是什麼意思？」

一名委員詢問上校。巴藍斯上校露出無懼一切的笑容回答。

「本官要以監察駐地武官的名目駐留東京。」

這次引發的喧囂聲遲遲沒消失。

「此外，總部部長已經准許使用『布里歐奈克』。」

喧囂聲增強為喧嚷聲。

「上校閣下，這是真的？」

莉娜也露出難以置信的表情。

「是真的。」

依照階級倫理觀點來看，這個問題不太討喜。但上校以笑容回答，並且補充說：

「我帶來了。」

莉娜走出進行審問會的房間一看，發現希兒薇雅在等她。

「希兒薇，妳到底跑去哪裡了？我直到剛才都好辛苦。」

莉娜幾乎一整天沒見到希兒薇雅。昨天從第一高中平安「歸隊」時，希兒薇雅不知為何不在家，也不在祕密根據地。

可能是在審問會承受的壓力，使得莉娜語氣有點遷怒。雖然這麼說，這也像是對交心好友說的單純玩笑話。若是平常的希兒薇雅，應該會一笑置之。但希兒薇雅以正經表情接受莉娜的「責備」，立正以嚴肅的語氣說著「非常抱歉」謝罪。

「咦，希兒薇？討厭，我不是認真的啦。」

「我知道莉娜不是認真的。但我非得向莉娜道歉。」

看來不是可以隨便帶過的話題。莉娜明白之後皺起眉頭。

「要是我更早察覺米亞的真面目，莉娜就不會陷入那麼不利的狀況。」

要是這時候回答「沒這回事」就變成了是在逞強。莉娜昨天在敵陣完全孤立。莉娜自覺這一點，無法否認。

「我在這次的任務，沒能盡到後方支援的職責。總隊長，非常抱歉。」

「希兒薇，妳怎麼了？講得好像要道別——」

「總隊長。」

不再以名字稱呼莉娜的希兒薇雅，打斷她這番話。

「我收到了參謀總部的回國命令。昨晚的檢查診斷出我可能受到了『感染』，必須要回國接受精密檢查。」

「這怎麼可能呢！那並不是病毒之類的東西所引發的變異！光憑藥檢不可能判斷變異前的感染徵兆！」

「少校，這就是原因。」

「上校閣下？」

從後方出聲安撫激動的莉娜的人，是剛才協助莉娜脫離困境（？）的巴藍斯上校。

「抱歉，我並不是刻意要偷聽。」

「不，是下官不應該站在這裡交談。」

「這樣啊。」

莉娜努力以拘謹態度回應。巴藍斯露出微笑，隨即恢復正經八百的表情回答莉娜。

「關於瑪裘利准尉的處置，正如希利鄔斯少校所說，目前無從在變異之前判斷是否感染。換句話說，也無法斷定准尉沒被感染。」

「既然這樣，我也……！」

「沒錯。也沒人能保證少校沒被感染。但要是少校和軍方敵對，軍方將蒙受嚴重損害。因此在確定沒被感染之前，不能讓少校回國。」

莉娜臉色鐵青。在無法分辨是否被寄生物附身的現在，這等同於驅逐宣言。莉娜也同時理解到，巴藍斯主張莉娜要繼續執行任務，也是基於這樣的內幕。

「相對的，要是瑪裘利准尉成為吸血鬼背叛軍方，考量到准尉的技能，我軍恐怕將有許多機密洩漏到其他國家。因此必須儘早讓准尉回國。」

這也是合情合理的處置。即使在情感上有所反彈，如果以軍人的邏輯為優先，就非得接受這個判斷不可。

「就是這麼回事。我會安排其他人輔佐貴官。」

「不，不需要。」

巴藍斯的提議是基於需求，也明顯出自善意的考量。但莉娜拒絕了。

「和下官同居，就表示將會產生感染的嫌疑。幸好日本的公寓設備齊全，即使獨居也沒有任何困擾。」

「這樣啊。既然貴官如此期望，本官就這樣安排吧。」

「是。」

兩人並肩敬禮目送巴藍斯離去之後，希兒薇雅以破涕為笑的表情，向莉娜投以微笑。

「總隊長……」

「希兒薇，別叫得這麼死板。麻煩和至今一樣叫我莉娜。」

「……是。莉娜，要獨自留下會賴床的妳而回國，我感到於心不忍。」

「妳這種說法太不客氣了！何況我只有前天睡過頭吧！」

莉娜說得氣喘吁吁。希兒薇雅這次投以不帶淚水的笑容。

「莉娜沒被感染。我們的天狼星沒有脆弱到會被魔物寄生。」

「——那當然。我不會屈服於寄生物。要是下次有機會接觸，我一定將其燃燒殆盡。」

「說得也是。所以總隊長閣下，請趕快完成任務回到總部吧。」

希兒薇雅在眼中留下笑意而敬禮。對此，莉娜以特別充滿自信的態度回禮。

◇◇◇

基於「檯面上的工作」來橫濱出差的黑羽貢，聽到飯店房內電話鈴聲響起而疑惑。他並未將投宿地點告訴生意對象。由於隨時都能以無線通訊，所以沒必要告知下榻飯店。基於相同原因，家人也不會打市內電話給他。如果是「檯面下的工作」更不可能透過飯店櫃檯轉接電話。

「喂，你好。」

但他完全不覺得需要假裝外出。這是只有聲音通訊的電話，所以他沒報姓名以防萬一。

『貢，你現在方便講電話嗎？』

貢一聽到話筒傳出的聲音，背脊就下意識地因緊張而伸直。

「是真夜表姊啊……是的，現在方便。」

四葉當家當前，聲音卻沒有透露出緊張。擁有這樣的自制心，或許該稱讚他真不愧是掌管四葉情報網的分家當家。真夜在輩分上是貢的表姊。他的母親是前前任四葉當家的妹妹，兒子是四葉下任當家候選人。嚴格來說，四葉沒有直系的概念，但以一般基準來說，貢極為近似於四葉的「直系」。然而正因為血緣相近，貢非常清楚真夜多麼恐怖。

之所以使用飯店電話的疑問也立刻解開。這間飯店和FLT同樣是由四葉暗中統治的企業所經營。貢使用的客房也具備四葉相關人士專用的祕密機關。貢甚至覺得自己沒立刻察覺是本家打電話過來，是相當丟臉的事。

這個想法當然也沒顯露在語氣上。

「請問是急事嗎？您不用客氣，有什麼事情請儘管吩咐。」

『嗳，貢……這種裝模作樣的說話方式，你不能改一下嗎？』

「喔喔，美麗的表姊閣下，您說這是裝模作樣真令我遺憾。我永遠都是非常正經。」

電話另一頭傳來像是疲累的嘆息。這位恐怖的表姊出乎意料地善於搭腔，大致都會像這樣規規矩矩地吐槽。貢感覺到，這段對話讓自己完全鎮靜下來了。這或許也是表姊的手法，但貢明白深究無益。

『進入正題吧……貢，寄生物的宿主清查完畢了嗎？』

貢自覺表情緊繃。這不是檯面上或檯面下，是真正的工作，黑羽原本的職責。貢很清楚這一點。因此他打理得面面俱到，絕對不會答不出這個問題。

「總共十二具。四具已經由美軍處理，一具在昨天由深雪與達也擊滅，所以剩下七具。所在位置也悉數查明。」

『你還是一樣這麼有效率。真是了不起。』

「沒有啦，這次七草與千葉努力幫忙吸引注意，使我省下引蛇出洞的工夫。」

『真謙虛。』

貢這次也沒有否定。因為正如真夜所說，剛才那句話只是謙虛。不過他是在昨晚完全查出七具寄生物的位置，所以也算是「滑壘成功」。

『其實委託人在今天早上催促我，希望不要讓骯髒的魔物繼續在東京為所欲為。』

「這還真嚴厲。東京原本並不是我們四葉管轄才對。」

貢眉頭深鎖的樣子並非是演技。基於剛才所說的理由，他在東京調度人手時，非得在各方面費神不可。

『對方應該也是被其他地方催促吧。總之基於這個原因，請在這段時間做個了斷。』

「您說的『了斷』是指？」

貢以慎重語氣詢問。要是這時候應對失當，將會被迫負起過於沉重的天大任務。

『請消除所有宿主。』

真夜說得極為乾脆。沒有扼殺情緒，聽起來也不冷酷。四葉家當家的聲音平凡到過分（如果這種說法恰當）的程度。

「不是逮捕？」

『嗯，是消滅。』

「但要是現在的宿主死亡的話，寄生物似乎會飛走而去尋找其他宿主。要查出新宿主得多花點時間……」

『無妨。寄生物以何種方式脫離死亡的宿主、以情報體狀態能移動多遠的距離、和新宿主融合需要多少時間、要經過多久才能再度展開活動……』

「您要我觀察並且回報？」

『這應該會成為寶貴的資料。你做得到吧？』

即使只是語音通話，貢依然拿著話筒深深鞠躬。

「如您所願。」

『消滅結束之後，請先回報一聲。』

「希望可以給我兩天時間。」

『就這樣吧。那麼拜託你了。』

貢再度表示已經收到命令，然後結束通話。

◇◇◇

將想子聚集在掌心，然後握緊。

這是一如往常使用「術式解體」時的想像。

一般的術式解體，是將手握的想子投向正在展開的啟動式或正在運作的魔法式。但達也現在尋求的技術，並不是以情報體作用的實體為線索狙擊情報體，而是在情報體次元狙擊情報體。

直接攻擊漂浮在情報之海的寄生物主體的手段。

達也張開緊握的手。

沒有伸直手臂。

彌補物理方向性印象的動作反而礙事。情報體次元不會出現軌跡或航跡之類的東西。只要定義何物位於何處，就會在那裡。

達也釋放的想子塊出現在情報體次元，和他瞄準的孤立情報體（似乎是種式神）重合。

在物理次元，複數物質無法同時存在於相同座標。

然而情報沒有這個限制。位於情報體次元的情報體，沒有物理層面的分布限制。達也的想子在和孤立情報體重合的「座標」解除壓縮狀態，沒對孤立情報體造成任何影響就消失。

「唔……」

達也咬牙表達不甘心的情緒。深雪以擔心的表情注視，旁邊幫忙製作標靶的八雲以一如往常的悠哉語氣搭話。

「連你也陷入苦戰啊。總之，這是做不到的人再怎麼努力也做不到的技術。」

這樣的冷言冷語，使得深雪狠狠投以蘊含殺氣的目光。

八雲面不改色，或許該說他真了不起。但他太陽穴周圍似乎冒出冷汗。

「但你三天就學會如何在理之世界施展透勁，所以我覺得並非在這方面完全沒天分。」

八雲像是打圓場般慌張說下去。深雪依然投以責備的眼神。

「師父，麻煩繼續。」

不過在達也要求繼續修行之後，深雪的注意力移向哥哥。

——寄生物入侵學校，以沒有勝利的苦澀作結至今剛好一週。達也在事件過後的隔天早上就請八雲協助修行，今天是第七天。

和八雲這番話相反，達也這兩天再度感受到天分之牆。他修行三天就能以想子彈命中情報體次元裡的標靶。這對於普通修行者已經是長足的進步。但達也原本就能認知漂浮在情報體次元的情報體。若是和普通修行者比較，他在修行前就具備很大的優勢。即使如此，他至今依然沒能讓想子彈對標靶產生作用，他無法在這樣的現狀給予自己正面評價。

「總之，適性的有無，在某方面只能從結果得知。法術這種東西，有時候今天完全做不到，到了明天卻突然做得到。」

八雲大概是感覺到達也的不耐煩心情，說出這番話安慰。

「不過，現在這種狀況無法等待『總有一天』的到來，也是事實。」

他當然不可能只有安慰。

「你的狀況是已經知道該瞄準哪裡，所以我認為，創造出一種不同於透勁的攻擊手段也是可行之道。」

聽到這番話的達也，明知失禮依然露出苦笑。

「新魔法可不是這麼隨便就能開發。我承認陷入瓶頸，但師父也太看得起我了。」

「是嗎？你確實在某方面沒天分，但是在術式改良與開發有著非凡才華吧？我認為主動限制自己的可能性並非上策。」

「就是說啊，哥哥！」

達也依然沒什麼興致。這次輪到深雪激勵。

「哥哥肯定能實現其他人想都沒想到的美妙點子！」

……不對，這已經超過激勵，是斷定。深雪這番話甚至不是推測。

「恕我冒昧，我認為兩邊都不需要放棄。只要將以術式解體直接攻擊作為第一方案，並且同時開發新魔法就好吧？」

如果這番話不是深雪說的，達也應該會說「別強人所難」一口駁回，或是說「你想害我過勞死嗎？」笑著以玩笑作結。

但是面對深雪形容成期待還不夠，而是信賴至極的眼神，達也真的不可能說出「辦不到」或「不可能」這樣的回應。

◇◇◇

為求雪恥而行動的不只是達也與莉娜兩人。艾莉卡與幹比古、真由美與克人，也各自為了再度交戰（不是再度和個體交戰，而是再度和吸血鬼這個威脅交戰）而有所動作。在這樣的西元二〇九六年二月上旬，太平洋對岸傳來一個壞消息。

「哥哥，這是……！」

達也兩兄妹是在吃早餐時看電視新聞得知。簡直就像是等待日本天亮的時間點發布的這個新聞，過度震撼到令達也啞口無言。

「……和雫所說的相同吧？」

「……不過看起來大幅修飾過。」

總算發得出聲音的達也，以苦悶的語氣回應。

這則新聞是某個政府相關人士匿名從內部舉發的形式。

內容如下所述：

——合眾國政府在去年十月三十一日，命令軍方魔法師進行研發，以對抗日軍在朝鮮半島南端使用的祕密兵器。魔法師們無視於科學家的警告，硬是在達拉斯國立加速器研究所進行微型黑洞製造實驗，導致次元之牆出現破洞，惡魔從異次元被召喚現身。

魔法師們試圖使喚惡魔，藉以對抗日本的祕密兵器。

但他們控制惡魔的計畫失敗，遭到惡魔附身。從去年底造成街坊騷動的吸血鬼，真實身分是被惡魔附身的軍方魔法師。軍方必須對犧牲者負起三重責任。

第一、沒能阻止魔法師們進行魯莽的實驗。

第二、明知高風險卻硬是進行的實驗失敗。

第三、軍方魔法師即使很可能失去理智，但依然危害到市民。

這些醜事的根本原因，在於軍方沒能完全統御魔法師。魔法是強大卻不曉得何時會失控的超自然力量。利用這種力量真的有益於國家嗎？我們或許應該重新省思這一點——

「雖然巧妙地婉轉敘述，但……」

「那麼……果然是那樣嗎？」

「實際上應該是想抵制魔法師吧。」

深雪表情緊繃。達也回答她的苦悶聲音，聽起來比起憂慮更像傻眼。

「追根究柢和『人類主義』相同嗎……不是魔法師的人占壓倒性多數，所以無須揣測媒體會站在哪一邊。不提這個，問題在於新聞來源。」

達也朝電話機控制台伸手，卻中斷這個動作。

哥哥是想打電話給誰呢……在各種候補選項之中浮現在深雪腦海的，不知為何是稱不上己方的某人。

◇　◇　◇

突然出現的驚爆新聞（或許形容為醜聞比較妥當）使得莉娜頭痛。這不是比喻，不是多心，是真正的頭痛。

現在不是上學的時候。雖然這是她率直的想法，不過就算這麼說，身為百分之百實戰人員的她即使前去支援，也完全無法協助緩和這個事態。巴藍斯上校指示她「一如往常地行動」。既然長官直接下令，就不能下定決心蹺課。莉娜壓抑著刺痛的腦袋，穿過「第一高中前」車站的剪票口。接下來毫無叉路，直直走就能抵達校門口。

「莉娜，早安。」

突然擋在面前的人影，使得莉娜忘了頭痛，一個轉身拔腿就逃。

「看到別人的臉就突然逃走，妳在想什麼？」

「啊……啊哈哈哈哈……」

莉娜的逃走只在短短三步內就以失敗收場。

因為深雪預先繞到了剪票口。

被同學以笑咪咪的表情逼得進退兩難的莉娜，似乎決定以笑聲打馬虎眼帶過這個狀況——但是幾乎沒有意義。

「總之，算了。不對，其實不能就這樣算了，但沒必要因為閒聊浪費時間而遲到。我有事情想問妳，邊走邊說吧。」

「……什麼事？」

莉娜戒心畢露，卻依然乖乖跟著走，無疑是明白以自己的立場不能在這種地方造成騷動。達也在這段短暫的來往期間就知道她沒什麼耐性，因此立刻進入正題。

「妳看過今天早上的新聞了嗎？」

「……看過。但不是自願的。」

莉娜真的一副不悅的樣子回應達也。

「有多少內容是真的？」

莉娜沒道義老實回答達也的問題。但她現在想找人發牢騷。既然對方知道她的底細，事到如今也無須隱瞞，因此她抓住這個機會宣洩壓力。

「關鍵部分全都是胡說八道！」

她有控制音量，但語氣極為激動。

「而且有掌握到表面上的事實，所以更加惡質！這是情報操作的典型！」

「果然是輿論操作啊。」

達也一副可以接受的樣子，莉娜無法理解他的態度而歪過腦袋。

「『果然』是什麼意思？輿論操作？」

「不，這只是推測。所以表面上的事實關係是正確的？」

「……對！」

莉娜被一針見血地點出不想被指摘的事，因而忘記幾秒前的疑心，完全情非所願地扔下了這個回答。

「不過，那種內容原本應該被視為機密才對。我想外界人士很難調查。」

「…………應該是『七賢人』。」

「七賢人？和希臘七賢無關吧？」

「有個組織自稱『The Seven Sages』。不過真相不明。」

莉娜這番話，連達也都不禁驚訝。

「你們不曉得真相？那是ＵＳＮＡ國內的組織吧？這種事有可能嗎？」

「雖然不甘心，但就是有可能！」

莉娜真的一副不甘心的樣子。

「『七賢人』這個組織名稱也是對方自稱的，不管再怎麼調查也抓不到狐狸尾巴。只勉強知道有七個幹部擁有『Sages』的稱號。」

「賢者是吧……不就正如其名？」

「所以我才說真相不明啊！」

「等一下，莉娜，別對哥哥發脾氣。」

「妳……難……」

深雪過於盲目，應該說過於不識相的這番發言，使得莉娜差點大喊「妳說什麼？」、「難道是我的錯？」而爆發情緒。但她反覆深呼吸，總算是免於做出引人注目的舉動。

「……安潔莉娜，妳在意就輸了。因為深雪是怪人。那種戀兄女生的戀兄發言，要是一一在意真的會沒完沒了。不可以在意那種戀兄女生不可以在意戀兄不可以戀兄不可以戀兄……」

莉娜為了平復情緒，像是詠唱咒語般說出的這段話，幸好沒被任何人聽到而責難。

「莉娜？」

「咦？對不起，什麼事？」

莉娜被達也叫名字，連忙回到現實。

「那個『七賢人』是否可能和人類主義者相關？」

莉娜邊走邊思索達也的推測，不久之後搖頭回應。

「雖然無法百分之百否定，但應該不是。如果只依照往例判斷，七賢人這個組織和意識形態或瘋狂信仰無緣。」

「先不提瘋狂信仰，這個組織有可能和意識形態無緣？」

「……是我的說法不對。他們並沒有一般所謂的意識形態。依照我們這邊的剖析，他們具備及時享樂與隨興犯案的心態。執著於單一意識形態而持續奮鬥的做法，不符合他們的形象。最重要的是七賢人也曾經協助我們，不過是相當單方面的協助方式就是了。我們就是在這時候知道七賢人這個名稱。」

莉娜補充最後一句話之後，達也點頭說聲「原來如此」表示同意。他們確實和人類主義者的形象不同。

「最後再讓我問一個問題就好。」

距離校門還有一小段距離，但達也宣布只問到這裡。

「……什麼問題？」

達也比剛才更加嚴肅的聲音，使得莉娜的回應也充滿警戒感。

「將寄生物招來這個世界，是蓄意造成的結果嗎？」

「不是。」

莉娜斷然否定達也的詢問。

「達也，如果你當真這麼說，我會生氣。」

莉娜嘴裡這麼說，卻已經相當生氣。只是現在沒把矛頭指向達也而已。

「我已經處決四名『感染者』。如果這是某人設局的結果，我不會原諒那個傢伙。」

◇　◇　◇

ＤＤ是名超過四十五歲，褐髮褐眼，外表平凡的白人男性。他的本名是唐納·道格拉斯，但幾乎沒人稱他「道格拉斯先生」。講好聽是抱持親暱態度，講難聽一點是未曾表示敬意。他從年輕時就只被稱為「ＤＤ」。他的職場同事或同公寓的鄰居，認為他是無益又無害的平凡人。

ＤＤ直到三個月前都在達拉斯擔任大樓檢修作業員。他是以優秀成績從技職大學畢業的高材生，卻因為些許（他本人這麼認為）的陰錯陽差，並未求得能滿足自尊心的工作，結婚前換過好幾份工作。

ＤＤ對作業員的工作也抱持不滿。他雖說是藍領族，卻在公司位居責任頗重大的地位，薪資也不愁生活，只是他依然不滿。他的生活水準位於前美國地區市民的平均值。從包含中美洲地區的ＵＳＮＡ整體平均值來看堪稱中上，他卻相信有其他更適合自己的工作。

即使如此，他婚後依然以家庭為優先，將野心封閉在內心。雖然不幸地膝下無子，但夫妻感情算是圓滿。他一直在妻子面前扮演好丈夫。或許他的克己心態太強了。如果能稍微忠於對自己的野心，也許他那天就不會受到惡魔的誘惑。

微型黑洞實驗當天，他在鄰接線性粒子加速器設備的大樓外牆檢修配電盤，以嚮往的眼神看著巨大的實驗裝置。封閉在內心沒能滿足的野心，變成純粹的憧憬填滿他的心。不過照理來說只會以一時的鬼迷心竅作結才是。下班之後，DD肯定會發揮一如往常的克己心態，返家恢復為一個好丈夫——只要沒被寄生物附身。

那天，他成為了吸血鬼。原本是潛在超能力者的他，和寄生物融合為一之後，他的能力——催眠暗示能力覺醒了。他以這個能力欺騙妻子，依循「己方」的意志來到日本。

DD的催眠暗示能力不是很強，無法讓對方深信明顯違反常識的事情，或是做出違反內心所深植的道德觀或宗教觀的行動。他對妻子下的暗示也是「至日本長期出差」。

不過只要位於常識與道德範圍，即使是相當不自然的命令，也能強迫他人執行。例如讓房仲相信必要文件已經齊全，省略身家調查就租得到房子。這種事易如反掌。他以這個能力確保非USNA軍派遣人員（包含自己）的同伴居所。此外DD利用「世間不可能有魔物」這個「常識」扭曲目擊者的記憶，隱藏同伴的行動。

然而在一週前，身為活動核心的同伴接連失去附身媒介，他們決定轉移活動陣地。為了避免同伴接受醫療檢查，他干涉USNA軍方職員的意識，延後同伴的檢查順序，在這段時間聯絡之前協助逃兵同伴脫離本國進入日本時的協助者，安排下一個潛伏處。

DD在公寓整理完行李之後呼叫同伴。

（完成移動準備了嗎？）

DD朝意識內側的詢問，得到肯定的意念回應。即使場中有人具備竊聽思念波的特異功能，也只聽得到如同蜜蜂振翅的喧囂聲吧。不問言語種類，以人類語言通訊的就只有DD一人。寄生物溝通時不需要語言。更何況，他們等同於共享單一意識，不需要由全員思考接下來的行動。而且至今成為思考主體的同伴還沒和新宿主同化完成。因此現在DD成為主要意識——人類思緒的負責者。

（那就明天早晨出發。務必別做出顯眼舉動引人起疑。）

（…………）

（現在已經是堪稱深夜的時刻，立刻行動的風險較高。）

回傳的意念有三個肯定、兩個否定，還有一個臨終慘叫。

「怎麼了？」

DD不禁起身，直接發出聲音詢問。他的「聲音」確實透過眉心深處形成的意識共享器官，傳達給了同伴們。

然而，回傳的意念只有慘叫聲。幾乎在同一時間，同伴的「意識」接連消失。

響起第四聲慘叫聲時，ＤＤ覺得胸口有異狀。

他連忙俯視胸前。

一根像是黑針的物體剛好插在心臟部位。仔細一看，這個物體的真面目是名為胸針的飾品。針尖只有貫穿衣服微微插入，沒有流血。

ＤＤ還沒思考這種東西為何插在身上，就反射性地要拔下這根針。

然而，他無法隨意使喚手。ＤＤ認知到針插在身上的下一秒，強烈到無法維持心智正常的痛楚就走遍全身。

痛楚貫穿心臟，使他的軀體永久停止機能。

死因是休克致死。驗屍單上應該會記載「心律不整導致心臟停止」。

ＤＤ直到最後，都沒察覺站在他面前的漆黑人影。

「兩秒嗎……實在達不到舅父大人的水準。」

黑羽貢撿起掉在地上的胸針，像是自嘲般低語。

埋葬吸血鬼的魔法是貢所編織而成的原創魔法。他以「毒蜂」這個乏味名稱命名的魔法，是將施法對象認知到的痛楚無限增幅致死的精神干涉魔法。基於這個性質，如果是非常耐痛的魔法師，並非不可能在休克致死之前以對抗魔法消除效果。用在能阻斷痛覺的對手身上，則無法發揮效力。在致命攻擊力的層面遠遠比不上他的舅父——前前任四葉當家四葉元造的「死神凶刃」。貢的低語也是重新自覺這一點才發出。

然而，無法斷言「毒蜂」是劣於「死神凶刃」的魔法。「毒蜂」的最大優點如字面所述，即使是只有針刺的傷口亦能讓目標對象斷氣身亡。「死神凶刃」是讓對象自己受到致命傷的魔法。屍體會留下傷口，也會噴血。相對的，「毒蜂」只會留下無法推理死因的細小傷口。旁人看到「毒蜂」的犧牲者，首先肯定會懷疑是毒發身亡，再來是懷疑窒息而死，但屍體沒有這兩種痕跡。基於適合用來暗殺的意義，「毒蜂」是優秀的魔法。

「毒蜂」的另一個優點，在於這並非是貢專屬的魔法。「毒蜂」和大多數的精神干涉系魔法不同，已經製作出通用啟動式，發動程序也制式化。換句話說，貢以外的魔法師也能使用。即使當然要視適性而定，但黑羽的實戰部隊都能得心應手地使用「毒蜂」這張王牌。

「老闆。」

身後傳來的聲音，使得貢緩緩轉身。他單手按著頭上軟帽的姿勢，很明顯是因為看太多舊時代小說（貢的部下有這種感覺）。但這種做作的舉止還算是有模有樣。

「已經全部處分完畢。」

「我方損害程度如何？」

「完全沒有。」

貢聽到部下的回應滿意地點頭。這是USNA追蹤部隊陷入苦戰的對手，對自己人的評分標準放寬一點，應該是在可被允許的範圍。

「這是當家大人的命令。別疏於追蹤從宿主脫離的精神體。到最後跟丟也在所難免，但是儘可能追下去。」

貢下達的指令，使得部下露出微妙的表情。他這種該說太寵還是寬鬆，對自家人缺乏嚴厲態度的一面，和他面不改色地下令大舉暗殺，有時候會斷然割捨部下的無情一面實在搭不上。

黑羽貢是無法捉摸的人。

他戴著數張面具，完全看不到真面目。

甚至不曉得他是否具備堪稱「真面目」的東西。

越是隨侍在側的親信，這種感覺越是強烈。

〔10〕

莉娜當著達也的面，斷然否定微型黑洞實驗的洩密者和人類主義者有關。

達也也判斷莉娜的推測正確。

然而，人類主義者引發的魔法師抵制運動成為一大風潮，從北美大陸東部浸蝕到西部，如同在嘲笑他們兩人。

這股潮流擴散到全世界，也只是時間的問題。

比季節晚三個月的「冬天」即將到來。

◇　◇　◇

昔日說到外交，肯定是艦砲外交或密室外交。

後來，以力量維持均衡的時代終於結束，大同盟成為外交基本方針，外交也以會議、儀式形態為主流，但艦砲外交與密室外交並未消失。祕密外交是讓儀式成功不可或缺的前置準備，負責這方面的人從外交明星轉變為外交專家，至今依然暗中在世界活躍。

無論何時，無論何處。

世間的陰謀種子源源不絕。

今晚也是。

在這個國度也是。

「……真是的，瘋狂信徒實在是無可救藥。」

「哈哈哈……那種人要唆使很簡單，要操縱就很困難。」

身穿西裝的中年男性朝隔桌而坐，同樣身穿西裝但非黃種人的白人中年男性遞出酒杯。

白種人大概是久居日本，或是基於嗜好或教育使然，接過從酒壺倒滿透明液體的小杯子（也就是酒盅），依照禮俗直接送到嘴邊。

「重新想想就覺得實在不可思議，這種叫作清酒的酒該怎麼說，真是高雅……明明沒經過蒸餾卻是無色透明。」

他行事周到，不忘在話中奉承對方的祖國。

「別這麼說，相較於葡萄酒鮮豔的紅色，不免缺乏華麗感。但我當然自認這次準備的好酒足以讓您滿意。」

接受奉承的一方，也不忘謙虛與表現。

對飲的兩人有個共通點，就是不透露內心的真正想法。

「一點都沒錯……我很想就這樣舒服地喝醉，但是如剛才所說，瘋狂的信徒無法無天，實在很難放寬心。」

「敝國身在貴國的同胞們承蒙您特別關照安全，感激不盡。」

兩人的語氣沒有變化，臉上也依然掛著微笑。但是和他們活在相同世界的人，應該會感受到和剛才不同的氣息。

「別這麼說，這是當然的義務。雖說如此，對方是不講理的狂人……比方說，殲滅大亞聯盟艦隊的大爆炸，是以科學方式系統化的魔法技能所造成，而不是惡魔幹的好事。但就算費盡唇舌說明，他們也不肯聽。」

「即使對方不肯聽，也無法當成應該保護的外國人受害時的藉口吧……我深表同情。」

兩人為彼此倒酒，像是預先說好般同時舉杯一飲。

「請將我接下來這番話當成發牢騷。要是至少公開那個『Great Bomb』的概要，我想他們應該也會安分下來。」

「……也請將我接下來這番話當成發牢騷。關於在朝鮮半島南端使用的兵器，情報掌握在軍方。就算再怎麼機密，民主主義的基本依然是文人統治……我搞不懂軍人為何那麼頑固。」

兩人的視線瞬間迸出火花，剎那之後，雙方眼中都浮現空虛的笑容。

◇　◇　◇

「如你剛才所聽見的。」

藤林停止播放竊聽到的對話，抬起了頭來。

「我們的外交官們這次似乎也很努力的樣子。他們畢竟還是理解到了『戰略級』的重要性與特殊性吧。」

「何況……」

達也欲言又止。藤林「嗯？」一聲歪過腦袋，催促他說下去。

「……何況外交部也有面子要顧吧。三年前單方面遭受侵略，明明他們在日本全國臭罵懦弱的聲浪之下，拚命奔走想以非軍事方式解決，這份努力卻被直接踐踏了。」

「那是大亞聯盟發動的侵略吧……？」

這番話對藤林來說是「班門弄斧」，深雪卻似乎聽不出所以然。

達也具備的常識，也令他認為一般來說會如此推測。

「日本與ＵＳＮＡ是同盟國，同時是西太平洋區域的潛在競爭國。適度削弱日本有助於ＵＳ

NA的利益。」

深雪微微點頭回應，達也見狀繼續說明。

「另一方面，大亞聯盟雖然是大國，卻沒有實力和日美同盟正面較量。他們國內的狀況也沒有走投無路到必須賭這一把——那麼，大亞聯盟為何做出侵略橫濱的暴行？」

達也暫時停頓，給深雪時間思考。他不希望妹妹是只有美麗沒有智慧的「人偶」。

「大亞聯盟的實力不足以同時對付日本與美國……美國是日本的同盟國，卻覺得日本最好比現在弱一點……」

深雪自言自語般地說到這裡時，如同驚呼般抵著嘴角。

「難道……大亞聯盟和USNA背地裡串通？」

達也露出「表現得很好」的滿足微笑。看著他們兩人，藤林則是露出苦笑。

「形容成串通或許太過分，但我認為他們很可能有某種共謀關係。」

達也將目光投向藤林，於是她收起苦笑微微點頭。

「例如大亞聯盟進行軍事侵略時，USNA刻意讓太平洋艦隊延後出動。」

藤林對達也的推測回以肯定的反應。

「實際上，USNA艦隊當時的動向……事後回顧就發現遲鈍到不自然的程度。」

「大亞聯盟軍的目的，恐怕並不是占據領土或是破壞重要設施，而是綁架技術人員以及搶奪技術？」

「應該沒錯。考量到地點與戰力，無法期待更進一步的戰果。動員艦隊始終是防止作戰失敗的措施吧。不過以結果來說，他們是打草驚蛇自找麻煩。」

「我認為應該是棒打出頭鳥。因為要是蛇受驚鑽出草叢，困擾的反倒是我們。」

達也裝出一張撲克臉。

「第一當事人的發言果然充滿真實感呢。」

不過對藤林似乎不管用。

「那麼……我差不多也該告辭了。即使打著『挖角』的名義，軍人週日在普通家庭待太久也不自然。」

「感謝您今天專程跑一趟。」

藤林起身，達也同樣起身並表達謝意。

達也沒表現「招待不周」的謙虛之意。雖然當事人沒注意，但深雪的招待絕無不周之處。達也在心中如此解釋。

到玄關目送時，藤林說著「啊，對了對了」將手伸進手提包裡頭。其實當然不是真的現在才想到，是作戲。

她取出一個包裝精美的細薄小盒子。

「來，雖然早了兩天，這是人情巧克力。」

「是人情啊。」

灑脫又率直地，不讓人抱持任何期待。

雖說是人情巧克力，包裝卻相當時尚，但達也知道藤林生性凡事都不會偷工減料，所以不會因而抱持對自己有利的誤解。

「只是人情讓你有所不滿？」

藤林惡作劇地露出笑容。

這一瞬間，深雪雙眼蘊含犀利的光芒。

「不，完全沒有。」

但達也立刻如此回答，這道光芒就消失得乾乾淨淨，令人誤以為是錯覺。

彼此道別關上大門後，門後傳來年輕女性的失笑聲，兄妹倆則是若無其事地回到客廳。

◇　◇　◇

這個國家的文化潮流以戰爭（第三次世界大戰）為界大幅改變，這是頗為強烈的印象。

但實際上並沒有太大的變化，所謂的「輕佻」風俗大多沒有廢除，延續至今。

明天的情人節就是其中之一。即使有人力爭「聖瓦倫丁日」原本不是這種輕佻的節日，宣稱這天要送巧克力是糖果公司的陰謀，依然無濟於事。因為年輕人明知如此依然自願隨之起舞。

情人節就在明天，第一高中的校舍也整日籠罩著興奮氣息。魔法師（的種子）在這方面也是平凡的少年少女。

「……光井學妹，妳今天就做到這裡吧。」

放學後的學生會室。

這裡從剛才就反覆響起錯誤音效。

梓並非對造成音效的穗香感到不耐煩，而是關心她是否哪裡不舒服而搭話。

「是啊，穗香。妳今天先回去比較好。」

受任為臨時幹部的莉娜，湛藍雙眼蒙上一層陰影而如此主張。即使不只是一般學生，梓與五十里也不曉得她的真面目，她成為幹部也堪稱是相當大膽的做法——但也是因為她自身沒有選擇餘地的關係。

「不，我沒事。」

狀況明顯不佳的穗香，堅強地回應。

……穗香之所以如此回應，在於她自覺狀況不佳的原因，所以不好意思接受這份貼心。但眾人知道她平常就容易一意孤行，總是勉強擔負過度的責任，所以她這樣只會讓大家更擔心。

「光井學妹，我覺得擁有強烈責任感很了不起，但休息並非壞事。」

即使五十里這麼說，穗香依然沒說「那我休息了」。此時給予致命一擊的是深雪。

「穗香，真的別勉強比較好。妳今天再怎麼努力也做不了工作吧？」

深雪也（在表面上）露出非常擔心的神情。擁有神祕美貌，不時令人忘記是真人的深雪露出這種表情實在是有模有樣，梓、五十里與莉娜甚至同時點頭附和。

不過，穗香察覺深雪知道她「狀況不佳」的原因，因此這番話令她非常坐立不安。尤其是「今天做不了工作」這句話。

「也對……那麼……」

穗香稍微猶豫之後迅速起身，並用力低頭。

「非常抱歉！我今天先告辭了。明天我會繼續努力！」

「好的，明天再努力吧。」

深雪搶先（扔下？）兩名學長姊，如此回應穗香。她不是說明天「也」努力，而是明天「再」努力，梓隱約覺得不對勁，卻只有穗香自己明白箇中意義。

低頭說聲「我告辭了」就這麼轉過身去的穗香，臉頰染上一抹紅暈。

◇◇◇

「……發生這樣的事情，所以穗香先回去了。」

在學校通往車站的回程路上，深雪如此對達也說明。

「噢……難道是為明天做準備？」

「肯定沒錯。」

深雪充滿自信地點頭，達也隨即一副酥癢難耐的表情。

「因為穗香生性會致力於這種事……」

「哥哥，您很高興？」

深雪不是心懷嫉妒，而是以消遣的語氣詢問。達也不是聳肩回應，而是散發無奈氣息。

「與其說高興，更像是愧疚。因為即使能回禮，也無法回應最重要的心意。」

達也的低語聲，要形容為耍帥也有點太語重心長。深雪有些顧慮地抓住他的袖子。

「……請您不用在意這種事。因為穗香與我都只希望讓哥哥高興。」

「……這樣啊。」

「是的。哥哥不用多說什麼，只要收下就好。」

「那個～抱歉在氣氛正好的時候打擾兩位。」

莉娜一副難以啟齒的樣子，以與其說顧慮更像是不情不願、情非得已的表情插嘴。達也任憑深雪抓著袖子，將目光投向她。

「氣氛？莉娜，妳講得好奇怪。」

你們的腦筋才奇怪啦！莉娜很想如此大聲主張，然而不提戰鬥能力，自己的嘴上功夫贏不了達也，她早就多次體認到這一點。在這種時候，趕快說完要說的話才是上策。莉娜決定遵循這個學習成果。

「簡單來說，穗香狀況不佳，是因為在意明天要送達也的巧克力？」

「莉娜，真虧妳居然會知道。我一直以為送巧克力是日本才有的習慣。」

莉娜是看著達也詢問，但深雪理所當然般地回應……若是只限於這次的案例，這是達也無從回答的問題，所以莉娜不會因為深雪搶著回應就覺得「這對兄妹是怎麼回事」。

「沒那回事喔。『情人節送巧克力』是著名的日本文化。美國有很多人效法，我也經常聽深雪以外的同學提到這件事。」

莉娜回答深雪的疑問時，語氣有些不耐煩。

「這樣啊……莉娜要送誰？」

「連深雪都問這個……？」

從莉娜不悅地板起臉的樣子來看，她似乎老是被纏著問相同的問題。先不提採取何種形式，但是這方面的關心（好奇心）和一百年前相同，而且一百年後肯定也不會改變。

「我沒預定送任何人。」

「哎呀，人情巧克力也不送？還是說送人情巧克力的習俗沒傳到美國？」

「人情巧克力這種東西，我當然知道。」

「既然這樣，應該有很多人收到妳的巧克力會高興吧？例如妳來留學時照顧妳的人。」

莉娜微微瞪向深雪。但是從深雪臉上的表情，只解讀出對這件事略感興趣的情感。

「要是我以個人身分送禮，會在各方面造成問題。」

「這樣啊？萬人迷真辛苦。」

深雪這句細語，使得莉娜屏了一口氣。

這句話聽起來像是受歡迎的程度高於實力，但她也知道這是被害妄想。

「說到萬人迷，深雪才受歡迎吧？深雪要送誰？真心巧克力果然會送給達也？」

深雪送真心巧克力給達也是天經地義的事情，妳儘管炫耀吧，我會盡情捉弄妳——莉娜如此心想，但……

「莉娜，妳在說什麼？哥哥和我是兄妹。送真心巧克力給親哥哥很奇怪吧？」

「…………」

啞口無言就是這麼回事啊……莉娜打從心底實際體會。

◇　◇　◇

「……泉美，問妳喔，妳覺得姊姊在做什麼？」
「我覺得……應該是在製作巧克力。」
「既然這樣……姊姊的竊笑是什麼意思……？」
七草香澄與七草泉美——現在國三的七草家雙胞胎姊妹，在廚房入口打耳語。
「看起來……姑且像是很高興的樣子。」
「可是，那樣不太對吧？」
兩人視線前方，是愉快地將巧克力隔水加熱的真由美。雖說愉快，但那張笑容絕對不是戀愛少女在情人節前一天會展露的笑容。
「……是要送給哪一位呢？」
真由美的竊笑已經超越「呵呵呵呵呵」，接近「呼呼呼呼……」或是「咯咯咯咯咯……」的程度了。姊姊一副像是企圖下毒殺人的樣子，使得雙胞胎臉色鐵青地轉頭相視。
「香澄，姊姊用的那種巧克力是……」

「啊～對喔……是可可比例百分之九十五的無糖巧克力……」

昔日曾經販售過號稱可可比例百分之九十九的商品，但真由美現在使用的材料，是現在市售最苦的巧克力。

「而且，那一袋……」

「是濃縮咖啡粉吧……」

「姊姊碰到了什麼不開心的事情嗎……」

◇　◇　◇

——壓縮成形的想子砲彈出現在情報體次元，描繪短短的軌跡衝撞孤立情報體。

「剛才還算可以。今天早上到此為止吧。」

「……謝謝師父。」

達也調整呼吸朝八雲行禮致意。深雪手拿毛巾跑到他身旁。

現在明明是寒冬，達也卻滿頭大汗。深雪注視著擦汗的達也，不時表達關切之意，接著向八雲搭話。

「老師，哥哥消耗精力的程度，似乎比平常使用術式解體還要激烈……」

達也想自行回答深雪這個問題，八雲以目光制止，搖頭表示不要緊。

「稍微消耗精力也是在所難免的事情。因為達也將原本不存在的『移動』與『排斥』概念帶入了理之世界。」

深雪自從上週一就擔憂「會造成妨礙」而沒陪同修行。今天是週二，整整過了一週又一天。所以達也接受「開發對抗寄生物用的新魔法」這個提案之後（提議的是八雲，深雪則是附和）下過何種巧思，深雪直到詢問八雲才知道。雖說是新魔法，但深雪覺得只是練習將術式解體也能用在情報體次元。

「這樣改編……會造成什麼副作用嗎？」

她確信哥哥是最強的魔法師，卻也知道哥哥做不到很多事。即使是勝利的必要手段，如果將會害得哥哥身心受損（例如折壽），她打算不惜動用哭求等各種手段立刻阻止。

「不，我覺得不會。」

不同於深雪的想法，八雲回答得很乾脆。

「因為達也只是更改認知方法。不是直接『命中』標靶，而是從標靶『前方』以三十二分之一秒的間隔設定座標，藉由和潛意識領域連結，製作出『移動』理之世界的『排斥』概念彈——對吧，達也？」

「深雪，就是這麼回事。由於思考與認知力得全力運作，所以我只是精神上……啊，不對，只是『神經』疲憊。我並沒有進行可能導致副作用的危險舉動，所以別擔心。」

「這樣啊……」

達也講明之後，深雪似乎鬆了口氣。

「那麼，關於如何攻擊寄生物，您也已經有頭緒了吧？」

妹妹以「不愧是哥哥」的閃亮眼神仰望自己，使得達也不經意露出苦笑。

「不……」

「如果是剛出生的『幼體』應該就能消滅。但是，對上長年累月鞏固己身存在的『成體』或許很難。」

達也維持苦笑要搖頭否認。

八雲則是打斷他的回應，做出微妙的評價。

——多虧八雲，兄妹倆不用留下尷尬的回憶。

深雪今天早上跟著達也過來並非心血來潮，更不是監控達也修行的進度。

深雪在二月十四日早上來到八雲寺廟，是繼前年、去年的第三次。

來意當然不用多說。

深雪回到僧房，從放在一旁的包包取出漂亮的包裹遞給八雲。

「老師應該會當成異教的風俗，不過請您收下。畢竟哥哥一直受老師照顧。」

八雲立刻笑開懷。

「別這麼說，即使是異教風俗，只要是好東西就得盡量接納吸收才行。」

這個人每年都講同樣的話……如此心想的肯定不只達也。

「師父，大家都在看。」

不過，只有達也有辦法出口告誡這張過於鬆懈的表情。

「嗯？無妨吧？可以當成修行的激勵。」

不過，八雲完全沒有忍痛接受達也建言的樣子。

「色慾不是犯戒嗎？」

「別延伸到肉慾就沒關係。」

嘴裡回答得悠哉從容，臉上卻依然笑得吊兒郎當。

達也聳肩表示束手無策，八雲的徒弟們也大多默默表達同感。

◇◇◇

如果要說到直到半個世紀前使用的多人運輸電車有優於現代電動車廂的特點，那麼就在於可以預測到站時間。

只要想想搭車方法就知道，電動車廂沒有時刻表。電動車廂基於其性質並不會塞車，所以不會大幅遲到。但因為軌道上沒有法定速限，所以提早到站相對地會造成相當的時間差距。在會合時不太方便。

第一學期大多在車站會合一起上學的達也等人，最近也完全改為在教室會合的模式。

「達也同學，早安。」

「穗香早安。」

之所以視這種不便為無物，果然是年輕使然吧。

或者是愛慕之情使然。

兩者大概都是正確答案。

「啊，穗香同學，早安。」

「美月早安。」

而且對於戀愛少女來說，只有今天不希望有人同行。深雪相伴是預設狀況所以無法避免，穗香也這麼認為。

但如果出現深雪以外的人，即使是朋友，老實說也很礙事。不對，穗香覺得正因為是朋友，所以希望對方可以察覺今天是什麼日子。

——這份想法肯定顯露在臉上。

美月可說是看到穗香細微的表情變化而搞清楚了狀況。

美月突然心神不寧。雖然莫名不自在，但要是這時忽然說「我先走了」或「我想到有急事」也太過做作了。

明明想法一致，卻正如所見無法行動。打破這個僵局的出乎意料地（？）是深雪。

「美月，妳制服上沾到什麼東西？」

「啊？」

美月突然聽到深雪這麼說，努力轉頭隔著肩膀想看自己的背。

這麼做也不可能看得到自己的背，更何況其實根本就沒有沾到髒東西，所以只是徒勞無功。

然而——

「來，我幫妳拿掉。哥哥，不好意思，請您先走吧。穗香也可以先走嗎？」

「嗯，我知道了。」

出乎意料的進展使得穗香感到慌張，旁邊的達也乾脆地點頭回應，以眼神向穗香示意。

以僵硬腳步跟在達也身後的穗香，只轉過上半身以眼神向深雪道謝。

深雪微微一笑，點頭回應。

意外地只有兩人一起上學，使得穗香的緊張及興奮情緒無止盡地升高。即使達也搭話也頂多只能勉強附和，聲音還變得沙啞。達也刻意放慢腳步，她緊張到關節僵硬的腳卻打結，差點在沒有任何東西絆腳的平地跌倒。

她自認在這種時候會害羞緊張，這是毋庸置疑的事實。

即使如此，要是就這樣走進校舍的話，一科生與二科生連出入口都不一樣，難得的機會將會搞砸。穗香也非常明白這一點。

沒有好好利用對方賜予的佳機，無疑是對情敵的背叛。

「那個，達也同學！」

穗香在穿過校門時叫住達也。

「方便借用一點時間嗎？」

她說得很拘謹，簡直像是在對軍階高好幾級的長官，或是層級高好幾級的主管說話。

「沒問題。」

達也完全沒有受不了的樣子，以低調的笑容點頭接受。

「麻煩……往這裡。」

穗香像是避人耳目般偷偷摸摸（反而顯眼）快步走向後院。達也以不疾不徐的速度跟上——掛著一副理解一切的表情。

「那個，達耶……！」

這裡是校內知名的密談地點（也可稱為表白地點），機研機庫後方的樹下（但是並沒有什麼特別的傳說）。

穗香走到達也面前，以雙手迅速遞出包裝得工整漂亮的小盒子——然後整個口誤。

她就這麼在原地凍結。

長髮分成兩邊綁到脖子高度的髮型，藏不住染紅的耳朵。

看著下方的臉，連中分瀏海縫隙露出的額頭都通紅。

動彈不得，發不出聲音，想進退都不聽使喚。穗香的雙手微微顫抖，內心大幅動搖。校內各處都產生類似的波紋，但從她內心產生的波紋強大到不輸給任何人。純淨又美麗的波形，彷彿音叉形成的聲音——甚至震撼沒有心的靈魂，促使自我萌芽。

「穗香，謝謝妳。」

穗香被自己過於強烈的心意束縛得無法動彈。達也為了避免包裝變形，輕輕從她伸直的雙手抽出巧克力盒子，改為讓她握著一個能收在手心的小紙袋。

可能是達也出乎意料的行動，使得穗香感到的疑問（暫時）大於羞恥心，她將紙袋收回胸前詫異地抬起了頭。

「那個，達也同學，這是……」

「總之是回禮。和下個月的份不一樣，所以那個也敬請期待。」

睜大的雙眼泛出淚水。穗香慌忙拭淚，露出僵硬的笑容。

「啊，那個……我……沒想到……這樣……那個，達也同學，我可以打開嗎？」

「當然。」

穗香從紙袋取出禮物，以失魂的眼神注視。

「……穗香，該進教室了。」

直到達也搭話為止，穗香都佇立不動。

達也十分注意是否有人偷窺、偷聽這一幕。

雖說如此，他並沒有刻意動用精靈之眼。情人節只是個普通節日，不能冒著機密技能曝光的風險使用。

然而——當時的達也應該使用精靈之眼才對。

確實沒人意圖偷聽。因為「它」直到當時都沒有意識。

第一高中校區一角的機庫裡，在無心人偶之中假寐的「它」，感受到近似將自己拖來這個世界的波動而清醒。

形容成「清醒」或許會招致些許誤會。

「它」受到近乎祈求，強烈又純真的意念洗禮，使得嶄新的自我萌芽。

形容成「重新構築自我」或許比較正確。

寄宿在無意識人偶的「它」，產生意識。

人偶身上寄宿著意識。

抵達教室的穗香，一放下包包就衝進廁所。

拖著先一步抵達教室的深雪一起走。

目的地不是廁所隔間，是鏡子前面。

她著急地扯下綁頭髮的髮圈，轉為以慎重的動作束起頭髮。

最後以達也剛送她的一對髮飾收尾。髮圈的設計很簡樸，只是垂著兩顆附台座的小珠子。然而即使設計單純，做工與材質卻不便宜。伸縮圈不是單純打結為環狀，是穿過台座連同外框整合為環狀，銀色的台座是細爪護珠的造型，珠子是純度很高的渾圓水晶。

現代公認水晶的價值不只是當成飾品，更是可以當成魔法的輔助媒介（據說可以提高思念波的指向性），是魔法科女高中生最熟悉的寶石，穗香也知道它的價值。只要是達也送的禮物，即使是廉價彈珠也肯定會令她開心不已，因此她現在當然更加感動。

「噯，深雪，怎麼樣？會奇怪嗎？合適嗎？」

穗香雙手輕撫髮飾，有些不安地詢問。

深雪沒有笑，也沒有傻眼，而是正經八百地回應。

「穗香，妳放心。很適合妳。」

「……真的？」

「真的。哥哥不可能挑不適合的禮物送妳吧？」

聽到深雪這句話，穗香羞紅了臉，點頭回應。

興高采烈的她，無法察覺深雪的聲音隱含照本宣科般的空洞感。

達也和穗香道別後，在通往自己教室的短短路程中，對抗湧上心頭的自我厭惡感。

做出類似欺騙她的行徑造成罪惡感，以及讓妹妹成為幫凶的後悔情緒，成為蛀牙般的疼痛在心中緩緩擴散。

送給穗香的髮飾，其實是深雪選的。

如果只是這樣，就能用「善意的謊言」帶過。畢竟「達也送的禮物」這個事實沒變，不需要刻意害穗香失望。

然而，達也準備禮物不是基於那麼純真的理由。

要是自己回禮答謝巧克力，穗香的意識光是這樣就會被填滿。達也早已看穿這一點。在接受情人節巧克力的過程中，肯定會互相說出表達「心意」的話語，做出束縛兩人關係的「約定」。但要是穗香心情處於飽和狀態，這種東西就沒有餘地浮現在意識表層。達也如此預測，事實上也的確是如此。

這就是他當天就準備回禮的理由，穗香的反應也完全符合達也的計算。

達也在玩弄穗香的情感。

如果只限於自己，達也早就死心。

自己是不解人情的「沒人性傢伙」，這是沒辦法的事。無論會因而讓人失望透頂或招致報復，達也都認為是自作自受（若說這不是死心而是看開也完全沒錯）。

不過，他明知妹妹絕對不會違抗自己，卻還是利用妹妹進行這種姑息的拖延策略，他不得不感到悔恨。

——既然會這樣思考，就證明他不像自己認定的那麼不懂世故。不過很遺憾，達也身邊沒有大人能告訴他這件事。

「喲，怎麼一大早就一副疲憊樣？」

大概是來不及切換心情吧。達也一進教室就聽到這聲問候。

雷歐跨坐在椅子上舉起單手，達也同樣舉手回應。

「你明明昨天剛出院，看起來卻完全恢復活力了。」

「兩位，早上的問候語是『早安』。」

此時幹比古露出「真拿你們沒辦法」的笑容加入對話。

「噢，幹比古早安。」

「哈囉。」

達也率直地進行早晨的問候。相對的，雷歐卻是始終堅持自己的作風——但應該沒什麼深刻的意圖吧。

「早安。雷歐你完全恢復原狀了。」

幹比古所說的「恢復原狀」意味著「一如往常」。

「是啊，醫生遲遲不准我出院，害我體力多到無從宣洩。」

雷歐不曉得有沒有聽懂，只解釋字面上的意思回應。

當初診斷他至少還要再住院一個月。他超乎常理的恢復力難免讓醫生有些質疑。

不過，既然沒檢查出異狀，而且傷患本人希望出院，就不能老是將傷患留在病房。所以雷歐

「那達也呢？難道兄妹一大早就吵架？」

「怎麼可能。」

這句話不是來自達也，是幹比古。

幹比古間不容髮地如此斷言，達也並不是無法釋懷，但這也不算誤會，所以無法反駁。

「反倒是因為有人爭風吃醋而費神吧？畢竟今天是情人節。」

雷歐驚呼一聲大幅點頭。這動作也引得達也不高興，但這時候賭氣會越描越黑。

「我沒有既定對象，不會有爭風吃醋這種事。美月，妳今天真晚到。」

達也強行裝傻，利用湊巧進入教室的美月，明顯轉移話題。

「沒有啦，我稍微去一趟社辦。吉田同學、雷歐同學，早安。」

被露骨地轉移話題的幹比古看起來有些不甘心，但以美月的個性完全不會察覺。

「雷歐同學從今天起上學啊。比想像中更早康復，真是太好了。」

其實雷歐昨天出院、今天上學的消息，眾人在上週探視時已得知，美月當然也知道。

所以剛才這番話其實很奇怪。但達也與幹比古都不在意。

「是啊，謝謝妳來看我好幾次。」

雷歐本人也笑著帶過。

美月一就座，就將手心大的盒子發給三人。她的態度相當地乾脆，沒有賣關子、緊張或害羞的樣子。

看起來完全當成是每年的例行活動。

某個男生對此有些不滿，但當事人自認維持著心平氣和的撲克臉，所以另外兩人就沒有多說什麼了。

這是武士的同情。

順帶一提，這個男生不是雷歐。

他只是以稀奇的眼神看著收到的盒子。

看來他第一次收到親人以外的人贈送的巧克力。

達也與幹比古很意外，但兩人不知道國中時的他是怎樣的人，所以沒將意外感說出口。

插嘴的人是剛進教室的艾莉卡。

「想說你這麼急著出院，原來是為了巧克力？」

不過她這番話不但並非表明意外感，更是雷歐不能當成沒聽到的誹謗。

「怎麼可能！妳這臭婆娘別亂講話！」

雷歐不只回嘴，還頂開椅子起身。

「哎呀，難道我說中了？」

若將艾莉卡的說法視為一針見血，確實可以如此解釋。雷歐的反應就是如此過度——不過得強行解釋。雷歐持續展現咬牙切齒與低吼的組合技，以文字形容就是「咕唔唔唔唔唔」。不過達也就像是在報復剛才的消遣，扔著苦惱的好友沒特地出面協助，而是向艾莉卡搭話。

「艾莉卡早安。妳今天真晚。」

艾莉卡整個身體轉過來回應達也。

「達也同學早安。」

雷歐被冷落在一旁。這是理所當然的結果。

「每年的二月十四日都好辛苦。因為我們家盡是一堆大男生。」

不過與其說艾莉卡將雷歐當玩具，她更像是認真發牢騷，將注意力轉移到這方面。

「不送就鬧彆扭的幼稚傢伙不只一兩個，而且偏偏這種傢伙的實力都會特別好，所以不能忽視。真是有夠辛苦。」

「辛苦」之所以說了兩次，應該是因為深刻體認到這一點吧。

「只送想要的傢伙不就好？」

「這樣會有輕浮的傢伙起鬨說不公平。而且，他們明明平常不知道『眾志成城』怎麼寫，卻只在這種時候團結。」

艾莉卡露出打從心底不耐煩的表情。

「不過家長姑且會以『門徒交際費』的名義出錢，女門徒也會陪我一起去買。」

這張表情足以讓達也想說幾句客套話安撫。

「這真的辛苦妳了。」

「一點都沒錯！我快煩死了……情人節趕快消失該有多好。」

艾莉卡說著說著就爆發出壓力，看來她真的相當由衷地憤慨。

「真羨慕Miki那裡。」

在這種時候，很容易隨便找人胡亂宣洩。

「你那邊的門徒大多是女生吧？」

這次她選上的目標是幹比古。

「每年都是任君挑選吧？」

「吉田同學……是這樣嗎？」

美月也不太清楚自己為何這麼問。

應該說，她沒意識到原因。

幹比古也一樣。比起艾莉卡這番話，美月的吐槽更讓他受傷，但他沒有深究原因。

「沒那回事！」

而是反射性地回應。

若是這時候稍微考量內情再回應，肯定能在各方面長話短說，但要求十六歲的少年做到這種程度或許很難。

「何況抱持這種浮躁的心情修行，會造成不堪設想的後果。」

不過，他這番發言有疏失。

「Miki，你還真敢說啊。所以是怎樣，你意思是我家道場氣氛浮躁？」

「唔，不，我沒那個意思……」

「不然是什麼意思？」

幹比古開始冒出冷汗，艾莉卡投以白眼，美月不知為何也是類似的眼神，旁邊的達也與雷歐則是彼此露出苦笑。

◇ ◇ ◇

魔法科高中的學程是普通高中教育課程加上魔法教育課程。不只是魔法科高中，現代教育系統從很早的階段就推動專業分化。具體來說，從高中階段就分成「文科高中」、「理工高中」、「藝術高中」、「體育高中」，教育體制重視培育學生專長領域的天分。所以除了宣稱秉持綜合文化教育的部分高中，學程總是被普通教育課程與專業教育課程塞滿。不過在這之中，魔法科高中的學程尤其公認沒有喘息空間。

因此魔法科高中的學生很勤勉向學。比方說在上課時間聊或胡思亂想，這種浪費時間的「遊樂」幾乎不存在。該說很遺憾嗎，在第一高中，一科生比二科生更具備這種傾向。與其說是想要克服逆境的鬥爭心，擔心落於人後的恐懼應該更勝一籌吧。

不過這方面也有例外。不同於魔法實技所安排的普通教育課程體育課，是容易讓緊繃空氣緩和下來的時間。尤其在今天——二月十四日這種從早上就莫名無法專心上課，洋溢著浮躁空氣的日子更明顯。

女生制服換穿起來，比男生制服花時間。不只是第一高中，任何學校都大同小異。說起來，不只是制服如此。部分致力於廢除性別歧視的人提倡男女均一的服飾文化，但大多數的男性與女性都不樂見這種事。

即將上體育課的短暫下課時間，更衣室總是充滿匆忙的氣氛。眾人盡快但避免粗魯地脫下衣服，將制服掛在衣架收進衣櫃，換上運動服。衣櫃附帶生體認證功能，而且數量比人數多，學生每次使用都要登錄自己的靜脈分布圖，所以非得將這段時間也計算進來。

雖說如此，一年級學生進入二月也相當適應了，已經可以一邊俐落地換裝，一邊和旁邊的同學聊天，也有餘力（？）被同學的內衣外型影響心情。今天的更衣室比平常更加喧鬧。

到了這個時期，衣櫃的位置也大致底定。深雪一如往常在右側靠牆中央的衣櫃前面換裝。左邊則是穗香。右邊衣櫃原本由雫使用，如今只在一年A班上課時處於閒置狀態。

不過，莉娜今天來到深雪右邊。

「哎呀，莉娜，平常用的櫃子有人用？」

深雪將CAD與情報終端裝置收進衣櫃裡的保管盒如此詢問。莉娜平常使用的衣櫃在入口附近。A班女學生剛開始都認為她會直接使用雫的衣櫃，但莉娜主動選擇不受歡迎而空著的入口附近衣櫃。深雪向達也提到這件事時，達也回應「大概是選擇可以立刻逃離的位置」，令深雪覺得很有道理。沒人保證達也的推測正確。唯一能確定的是莉娜第一次在深雪身旁換裝。

「不是那樣。」

深雪沒問「不然是怎樣」。她只有不太感興趣般地回應「這樣啊」就脫起上衣。

不過，莉娜大概是覺得自己剛才的回應有點冷漠過頭，同樣脫起上衣並且主動補充。

「好多人問我要送誰巧克力……我知道他們沒惡意，卻覺得有點煩。」

「大家都很在意。因為莉娜很可愛。」

抽下領帶的深雪正經回應。莉娜不滿地鼓起臉頰。

「那深雪為什麼沒遭受大家……逼問？」

莉娜反駁到一半停頓了下來，是在深雪解開連身制服抽出右肩的瞬間。平凡無奇的這個動作使得莉娜目不轉睛，舌頭稍微打結。

「天曉得。大概是因為沒魅力吧。」

深雪這番話，使得莉娜不是毫無原因，而是不曉得原因就一肚子火。她像是較量般迅速脫下連身制服，是下意識的動作。

這次輪到深雪對莉娜從制服底下展現的半裸胴體，感到佩服地嘆息。

「莉娜身材真好。好羨慕。」

深雪說著，毫不畏懼地脫到剩下內衣。

「這是挖苦？深雪有什麼理由羨慕我？」

莉娜頻頻打量著半裸的深雪，手扠腰站得筆直，逼問著深雪。

「因為妳的腰與臀部都緊實得恰到好處，很性感。莉娜不是瘦，是身材修塑得很好。」

深雪伸出右手撫摸莉娜的腰線。這種摸法毫無色慾之類的心態，就某種意義來說很純真。但即使知道並沒有包含同性戀的情慾，被摸的莉娜也很難維持平常心。更衣室各處傳來偷嚥口水的聲音，應該是因為這一幕光是旁觀也讓人內心無法平靜。

只不過，莉娜沒有餘力在意周圍觀眾。

「我……我才要說深雪……」

莉娜說著伸出手，卻在即將碰觸深雪肌膚時，頗為猶豫地收回。

「毫無肌肉線條，身段充滿女孩氣息，我都快要嫉妒了。」

莉娜滿臉通紅，視線游移不定。深雪投以刁鑽捉弄的笑容，右手離開她的腰。

此時，深雪身後響起「喀咚」的響亮聲音。

深雪轉身，莉娜也一起看過去。

穗香雙腳站不住，靠在衣櫃旁邊。

深雪不經意地環視，發現正在換裝的同學們紅著臉，就這麼衣衫不整地轉過頭去。一如往常自然無視於他人視線的深雪，至此總算察覺剛才那一幕引人注目。

「……快換裝吧。」

「嗯。」

深雪如此提議。

有同感的莉娜二話不說就同意。

◇◇◇

浮躁的氣氛在放學之後一鼓作氣地高漲。學生們大概是在下課時間自制吧。如今校內如同潰

提般，各處上演著酸酸甜甜的場面，某些光景會令人想扔石頭。狀況也各有不同。

比方說，不只是周圍朋友，家長也公認的未婚情侶，女方將稍微投注精力過度的禮物贈送給男方的光景。具體來說是風紀委員長花音闖進學生會室，把像是女學生便當盒的禮品厚紙盒送給會計五十里。盒裡裝滿手工製作的巧克力塊，花音還以笑容施加壓力要他當場吃。

比方說，有個案例是有點害羞又逞強的女孩。具體來說是某個女學生不在乎情理或面子，闖進二科生不禁卻步的一科生教室，紅著臉別開目光遞出以緞帶包裝的紅色小盒子。對方男學生驚訝得瞪大雙眼，全身卻散發出隨時會興奮得跳起來的氣息。像是這樣的劍道、劍術情侶檔。

第一高中學生只有今天不是「魔法師的種子」，是以「高中生」身分歌頌青春。

但是對於跟不上佳節氣息的人來說，這些場面很傷眼。

「哎呀，達也學弟，你今天值班巡邏？」

不知是基於什麼原因而無法避開這種光景的達也，聽到桌邊傳來的詢問，以難掩疲憊的表情點頭回應。

「學長姊們似乎都有預定計畫。今天由我與森崎兩個一年級負責。」

一般來說，想到有人陪同應該會稍微舒坦一些。但是對方是態度依然不友善的森崎，達也心情只變得五味雜陳。

「換句話說，他們巧妙地將工作塞給你，跑去避難了。」

「我自認沒講得這麼明顯。」

達也的聲音隱含放棄心態。相對的，真由美發出開心的笑聲。

「話說回來，達也學弟。」

真由美大概笑到滿足了，一改表情地向達也搭話——不知為何不看向正對面的位子。

「我想跟你借一點時間。」

「我不介意，不過在這之前想請教一下……」

達也說著看向真由美正對面，趴在桌子上的學長。

「這裡究竟發生了什麼事？」

他們現在位於咖啡廳一角，以隔板圍出數間簡易會議室的區域。

內部沒有門也沒有天花板，所以外人完全聽得見對話。

不過，沒成為密室大概反而造成安心感吧。

這裡很受歡迎，因此實際上成為一科三年級專用的場所，低年級要是沒有三年級帶領就不太敢來這個地方。順帶一提，達也同樣還沒使用過這種包廂。

至於他身在這裡的原因在於……

「校內不可能有毒藥吧？服部總長究竟吃了什麼？」

達也是在校內巡邏途中，來到咖啡廳想買個飲料潤潤喉嚨，卻聽到某種非常痛苦的呻吟而前來確認。

「沒有啦，總之……當然不是毒藥。」

他立刻知道凶手是誰了。

因為真由美一副困惑的表情，坐在服部的正前方。

真由美有些不知所措的樣子堪稱稀奇。

現在也一樣，感覺她的視線隨時會游移。

「……司波。」

達也還沒決定該如何處置時，看似昏迷的服部就這麼趴著開口。

「……給我水……」

聲音微弱得像是綠洲當前卻精疲力盡的旅行者。

「請稍待。」

不過，他的要求很明確。

達也一瞬間猶豫該拿礦泉水還是飲水機的冰水，但是飲水機比較近，所以他選擇後者。達也以飲水機附設的杯子裝滿冷水放到桌上。

服部摸索著抓住杯子緩慢起身，無力地微微搖頭後將杯子湊到嘴邊，皺著眉一飲而盡。

他就這麼閉著眼睛僵住片刻，在秒針大約走九十度時總算睜開雙眼，吐出長長一口氣。

「——司波，容我道謝。」

說真的，究竟發生什麼事？即使服部已經不像四月上演類似決鬥的戲碼時那樣咄咄逼人，但他和達也的關係現在依然絕對稱不上友好。

達也這邊沒特別記恨。

服部也沒有抱持惡意或敵意，感覺只是無法控制自己的情緒。即使如此，他像這樣率直地道謝，也令達也不禁感到意外。

「……不要緊嗎？」

「……嗯，我不要緊了。」

服部正如自己所說，俐落地起身。

——但是難免有種逞強的感覺。

「勞煩你了。並沒有發生什麼問題，所以你就別在意了。那麼會長……不對，七草學姊，我先告辭了。」

服部向真由美鄭重行禮之後，挺直背脊離開。

他究竟在逞強什麼——達也見狀如此心想。

「那個……總之可以先坐下嗎？」

真由美露出裝蒜又空虛，難以形容的笑容邀達也坐下。

服部出現異常肯定是因為她，而且她顯然想含糊帶過。但若揭發當事人服部要袒護的事實，達也認為是不識趣的行為。

因此達也決定依照服部所說，忘記剛才那一幕。

達也沒什麼急事，因此準備點頭回應「我知道了」。

「啊，在這裡！昴，這裡這裡！」

不過這個開朗的聲音讓他出師不利。

「啪噠啪噠啪噠」的腳步聲輕快地接近。

對方大概是跑到達也身旁，才總算看見包廂內側。

剛才說話的人，以像是會發出煞車聲般的氣勢停下腳步。

「會……會長！」

「喂，艾咪，不是會長，是七草學姊吧？」

被輕輕敲頭的英美，可愛地喊著「好痛！」按住頭揚起視線抗議。昴刻意從英美身上移開目光，向真由美深深行禮致意。

「抱歉在學姊忙碌的時候打擾。」

聽起來暗藏玄機的語氣，使得真由美眼角微微抽動。

「里美學妹，我沒有在忙什麼，所以不用在意。」

真由美一本正經地平淡回應。

如果是一般的低年級學生，大概會為她的聲音、語氣與眼神退縮。

實際上，英美就有稍微繃緊身體。

「這樣啊。我們這邊的事情很快就會辦完。」

不過昴頗為堅強。

她面不改色地回應，將手上提的袋子（正確來說是布包）遞給達也。

「收下吧。」

「……里美，妳今天比平常更加做作。」

「不知是基於什麼樣的因緣際會，我與艾咪被選為代表了。即使是我，維持平常心還是會有點不好意思。」

仔細一看，她的臉頰微微泛紅。

看來她說「不好意思」並非謊言。

「我可以姑且問一下是什麼的代表嗎？」

達也大致預料得到答案卻刻意詢問，藉以爭取時間讓自己重整態勢。

「九校戰一年級女子組一起送的……對，是謝禮。」

昴選擇的名目和達也預料的不同，卻是指相同的東西。

換句話說，應該是人情巧克力。

不過居然是全體隊員都送，這是超乎預料的大豐收。

「啊，雖說一起送，但不包含深雪與穗香就是了。」

解除僵硬狀態的英美並未特別害羞。應該是因為她生性原本就不怯場，加上在兩性關係這方面依然天真爛漫吧（講好聽一點是如此）。以她的狀況，或許其他該思考的事情太多了。

「因為那兩人應該想自己送。」

「亂管閒事可能會被她們罵。」

「要說取而代之也不太對，不過這裡頭也包含雫的份。記得晚點要打電話或寄郵件說你確實收到了。」

「那麼，再見嘍。會長……不對，七草學姊，抱歉打擾了。」

後半無暇插嘴。

昴與英美以暴風雨般的連珠砲話語震懾了達也與真由美，然後離開。

「……該怎麼說，年輕真好。」

真由美說出相當文不對題的感想，大概是熱鬧的闖入者打亂她的步調。

達也當然不會刻意去踩眼前鋪設的地雷。

他默默坐在服部剛才所坐的椅子上。

同一時間，他反射性地蹙眉。

「怎麼了？」

「沒事，有點味道……大概是有人打翻了咖啡吧。」

咖啡豆或可可豆的濃烈味道衝入達也鼻腔。記得打掃機器人也具備除臭功能才對……大概是刻意以人工打掃吧。

——達也如此心想。

「是嗎？我沒察覺。」

另一方面，知道真相的真由美佯裝不知情。

不過她裝傻也完全沒意義。

「不提這個，來。」

因為真由美說完遞出的盒子，洋溢出同樣的味道。

達也當然也察覺了這個味道，同時直覺認為肯定是這東西對服部造成打擊。達也原本打算忘掉剛才看見的光景，但真由美似乎不容許如此。

「……這是？」

從形狀、包裝與今天日期推測，這東西的真面目顯而易見，但達也依然不得不問。

「真是的，那還用說。」

這番話字面上表達著傻眼，但真由美的語氣與表情卻非常愉快。

「……謝謝。」

很遺憾，達也沒藉口拒絕。

如果沒有剛才那一幕，或許可以使用「我不喜歡吃甜食」這種老套藉口，但是在收到昴她們送的大量巧克力之後完全沒說服力。

達也不得已收下真由美的巧克力。

那東西很大一份。

拿在手中，感覺超過市售板狀巧克力的五倍重。

達也在這個時間點，大致領悟到這位學姊的企圖。但他對於動機完全沒有底，不曉得究竟哪裡招惹到她。

「噯，吃吃看吧。」

真由美這句話正如預料。

「現在？」

「嗯。我想聽你說感想。」

達也沒詢問她是否已經用服部學長做過實驗。

他很清楚說了也沒用。

真由美大概是想親眼看到達也露出什麼表情。

沒想到她有這種幼稚的一面……達也如此心想，朝包裝一瞥。

（唉，算了。）

達也正想問真由美一些事。她即將面臨大學測驗，留她太久會過意不去，但達也認為既然她想拿自己當玩具，用掉她一點時間應該無妨。

「既然這樣，我有些事想找學姊商量，可以換個地方嗎？」

他要商量的事情不方便被「普通人」聽到。但這並非換地方的唯一理由。達也也多少在意風評。要是吃巧克力昏倒，即使不到一生之恥的地步，也相當沒面子。

「是不方便被聽到的事？」

真由美似乎也立刻理解其中一個理由。

她臉上的笑容消失。表情驟變的程度，如同聽得到「啾」一聲緊繃的聲音。

「是的。」

「…………我明白了。跟我來。」

她如此回應前的空檔，是在審視行動終端裝置並操作。大概是確保了空房吧。學生原本做不到這種事，但這位學姊做得到並不稀奇。

真由美起身，達也拿著她送的盒子隨行。

達也感受到至少十人以上的視線，卻認定在意這種事也沒用而看開了。

◇◇◇

真由美使用下載到行動終端裝置的一次性密碼，打開一間用來和家長或是廠商面談用的談話室。內裝雖然沒有會客室那麼氣派，卻也讓學生不太敢獨自使用。

真的可以使用這裡嗎？達也並非沒想過這個問題，但是在真由美能下載密碼的時間點，問這種問題就有點晚吧。裡頭設置全自動的茶水供應機，代表她選擇可以飲食的房間吧。

「喝紅茶可以嗎？」

「慢著，不用勞煩學姊了。」

「不可以讓女生出醜。」

真由美說到這種程度，達也只能點頭旁觀。

雖說是全自動，卻不是紙杯自動跑出來的廉價機種。必須費工夫將茶杯放到出水口底下，還要準備適合的茶盤。
真由美愉快地進行這些程序。
「來，請用。」
「謝謝。」
達也基於禮儀品嚐一口，接著端正坐姿。
真由美像是受到影響，也坐下來挺直背脊。
「你要商量的是『吸血鬼』的事？」
打開話匣子的是真由美。或許她也有事想對達也說。
「是的。媒體不再報導相關情報，是因為後續無人受害？」
不只是媒體，獨立魔裝大隊的管道，也從那天之後完全沒回報受害案件。
想得單純一點，也可以當成達也等人除掉那個吸血鬼之後，事件就此解決。但是暗中活躍的魔物已確認是複數。達也認為即使當時擊斃那個「吸血鬼」，事件也不可能因而完全解決。
「事態表面上變得平靜。」
真由美……應該說七草家擁有不同於達也的情報管道。但她也不清楚詳細的現況。
「不過，失蹤人數比往年多，應該解釋成對方的行動變得巧妙才對吧。或許是一具被除掉之後有所提防。」

這不只是真由美，而是七草家的共同推測，卻和事實不符。只有極少數的人知道，所有吸血鬼在上週「暫時」被收拾掉了。

所以達也與真由美這時候的對話，其實沒有切入核心。不過寄生物主體並未被擊斃，遲早會得到新宿主復活，這是幾乎可以肯定的事。所以兩人抱持的危機意識並非毫無意義。

「還不能斷定當時除掉一具，但對方應該有所提防。或許它們之間具備共通知覺。」

「共通……知覺？」

陌生的名詞使得對話中斷，真由美微微歪過腦袋。

「那是『共通感應知覺能力』的簡稱。是一種常在同卵雙胞胎觀測到的超感官知覺(ESP)。雖說經常觀測到，也只是在稀少案例之中比較常見。」

「換句話說，單一個體的所見所聞，整個群體會一起體驗並且共享？」

「這只是我的臆測就是了。」

真由美面有難色地深思。

達也不動聲色地飲用紅茶，以免妨礙到她。

「……盡是我不懂的事，好討厭。」

他聽到真由美如此低語。

達也完全贊同，但要是連他也講這種話，就會變成相互發牢騷，過於沒有建設性。

「面對未知的事態，只能藉由摸索慢慢找出應對方法。」

所以他不得已說出比起安慰更像是暫時寬心的話語。

「…………」

達也自覺這番話毫無內涵，所以真由美如此注視，使他坐立不安的程度增加數成。

「……我不是那個意思。」

不過，真由美的視線似乎是完全不同的意思。

「我完全聽不懂『共通感應知覺能力』這個詞……那個，大學考試不會考這個吧？」

「……ＥＳＰ被認定和魔法學處於不同的學術領域，所以我認為不會考。」

達也坐立不安的程度達到了巔峰。

兩人好不容易重新振作，將情報交換完畢，以真由美「大致就是這樣」的總結喘口氣。達也原本想要就這麼面不改色地離席，但是對面伸過來的手穩穩抓住他的袖口——達也想躲的話躲得掉，但這樣似乎更容易招致麻煩的結果，所以他自重了。

「那麼，來享受下午茶時間吧？」

達也投以疑惑的視線（當然是故意的）。真由美以鐵壁般的笑容反彈回去，空著的手輕戳留在桌上的小盒子。

看來她不肯忘記。

應該說，真由美早已不想隱瞞自己的企圖。這份態度令達也輕輕嘆了口氣。

責備的話語沒有降臨。

真由美反倒以緊張又期待的目光看著達也。

該不會因為準備考試而神經衰弱，導致心智退化吧？達也基於雙重意義思考這種不可能發生的事（說起來，真由美的成績不可能讓她神經衰弱），打開小盒子的包裝。

雖然沒有做出故意慢吞吞地拆盒這種明顯舉動，但達也還是謹慎地剝開包裝紙以免破損，這是他儘可能的抵抗。

從裡頭出現的是加蓋的厚紙盒。內側以膠膜加工，是自製愛好者喜歡的容器。這個尺寸是所謂的「真心用」。

達也當然不會如此誤會。

令人幾乎頭暈目眩，無法分辨是可可還是咖啡的氣味，不容許達也如此妄想。

盒子裡塞滿骰子狀的黑色物體。那至少並不是達也知道的「巧克力」。

光聞氣味就可以預測味道。

即使再怎麼不怕吃苦澀的東西，也有質與量的極限。

達也認命地將比起食物更想形容成藥物的這些物體，接連放到口中咬碎。

至於結果——在此只說明真由美露出了滿足的微笑。

◇　◇　◇

穗香因應學生會工作所需，抱著筆記本型的大型終端裝置，橫越操場前往準備大樓。

太陽已經完全西斜，氣溫大幅下降。一個鬆懈似乎就會發抖。

但她的精神狀態視這種寒冷為無物。

綁成兩束的頭髮隨著腳步搖晃。

一起搖曳的水晶珠，總是不禁吸引她的注意力。

她自己也知道嘴角藏不住笑意，但她已經看開地認為「只有今天應該無妨」。

穗香自覺並非達也的女朋友。

她沒有忘記示愛被拒絕的那段往事。

她已經被甩了。

即使如此，依然仗著達也沒拒絕而纏著他。

穗香也曾經感覺這樣的自己是「討人厭的女生」。

也曾經在晚上惱羞成怒，認為要是達也斷然拒絕，她或許就放得下這份情感。

不過，她覺得這種負面情感在今天全都拋到了九霄雲外。

居然被這種小飾品收買，自己真容易應付——這種理性在感性面前完全無力。

「穗香！」

穗香以輕盈腳步要進入準備大樓時，旁邊傳來的聲音使她停步。

「啊，艾咪。」

鮮豔紅髮散發紅寶石光澤而相當顯眼的嬌小少女，小跑步接近穗香。

「真難得看到穗香來這裡。從妳擔任學生會幹部算起來應該久違了吧？」

「我是代替五十里學長過來。」

穗香說著微微高舉筆記型終端裝置示意，於是英美也露出認同的表情。

「我也想問，艾咪社團休息？」

英美加入的狩獵社，社團制服是窄管褲、靴子、長袖上衣加短外套的風格，但她現在穿著制服。現在也還不到社團活動結束的時間。

「今天只有開會。」

英美立刻明白穗香是看見制服才這麼問，因此沒詢問「為什麼」。

「咦？那是水晶？」

雖然稱不上取而代之，但英美眼尖地看見和穗香的頭髮一起搖曳生輝的光芒，以深感興趣的語氣詢問。

「啊，嗯。」

可能是穗香靦腆的表情使英美頓悟，她露出開心的笑容。

「是司波同學送的吧？」

「……嗯，他說是巧克力的回禮。」

穗香臉頰羞紅，英美如同被她幸福的感覺傳染，掛著開心的笑容睜大雙眼。

「哇……居然先準備禮物，他真有一套。看起來不太理人卻能這麼貼心，真成熟～」

穗香臉上的笑容越來越充滿幸福。

但是英美下一段話，使這張笑容蒙上陰影。

「可以理解他很受歡迎呢～剛才會長也想送他巧克力，那個說不定是真心巧克力。」

「……會長？」

「啊，說錯了，是前任會長。七草學姊。」

「七草學姊？」

「但我感覺學姊是強硬逮住他。司波同學看起來很為難，所以我覺得不用擔心。」

英美毫不在意地這麼說。這番話應該是率直的感想。即使如此，穗香內心可不平穩。

真由美或許對達也抱持特別的情感……穗香從以前就懷疑這一點。要是得和真由美競爭，穗香沒自信能贏。

當下最強的競爭對手深雪，在最後一線背負「親兄妹」的枷鎖。他們兩人最後絕對不可能結合，穗香內心某處對此感到安心。

然而真由美沒有這種限制。

外型與魔法實力都是對方勝出，穗香唯一的優勢是「年紀不比達也大」。但她不認為達也會在乎一兩歲的年齡差距。

穗香內心出現漣漪。

波浪逐漸擴散，沒有平息的樣子。

穗香心中不斷捲起波浪。

今天早上的那一瞬間，穗香的喜悅撼動人偶內部的寄宿者。

現在，意念波浪沿著當時連結的路徑，再度撼動「它」。

剛誕生依然朦朧的意識，這次真的即將覺醒。

◇◇◇

達也提著大布袋離開校門時，太陽已即將下山。

到了二月中旬，日照時間最短的時期已經結束，天黑時間也越來越晚。

相對的，寒意處於難耐的高峰。日照消失之後，氣溫將急遽下降。

自然而然縮短至肩頭相觸的距離，或許也是在所難免。

實際上，同樣留到學校即將關閉，如同被驅離般趕路回家的學生們，也有不少人幾乎零距離並肩行走——不過只限定情侶。

達也的兩側——也就是深雪與穗香，她們也從剛才交互反覆地做出依偎過來又在極近距離停止的動作。

就某方面來說，肯定是在意著彼此……

「我是不是應該先走比較好？」

但是更重要的原因，是在意同行者的目光。

「不用。」

達也簡短否定莉娜這句要說是貼心，語氣又太生硬的話語。

達也、深雪、穗香、莉娜。

現在是這四個人在一起。

E班同學們可能是顧慮到他們，先行離開了。

但莉娜雖說是暫時就任，依然是學生會幹部。

深雪與穗香都在工作，她不能自己先走。高中的自治活動相較於正規軍任務如同兒戲，應該說真的只是遊戲，卻也不能馬虎。不只是基於責任感或臥底任務必須這麼做，莉娜不想不上不下地浪費這段不是「隊長」也不是「處刑人」的生活，不想虛耗這段不是「天狼星」的時間。

不過，結果導致她偏偏在今天成為唯一的旁觀者，和深雪等人一起走向車站。她以現在進行式深深後悔這一點——達也與深雪是上級指定監視對象，原本無論是什麼日子，莉娜都應該儘可能避免移開目光，但是這股外人難以承受的氣氛，足以讓她忘記這項職責。

「是嗎？」

達也表示無妨，莉娜卻強烈地覺得另外兩人在默默責備她。在她鑽牛角尖覺得最好還是先走時——車站映入眼簾。

雖說如此，由於是直線道，所以還有一段距離。

「車站已經在前面，不必思考要不要先走。」

達也正經八百地如此補充，使得莉娜好想往他的臉踹下去。

如同前面所說明，現代的電車沒有時刻表。

不過分成上行與下行電車。

達也家和莉娜住處同樣是上行方向，穗香則是下行方向。

這天上行車廂碰巧一輛不剩。

月台顯示的等待時間約三分鐘。

目送穗香離開的三人，在隔絕寒氣的透明護罩內側，等待後續車廂回送。

不過只是三分鐘左右的短暫時間，如果關係親密，沒交談也不會不自然。

相對的，如果是只有面識的疏遠交情，沒交談是理所當然。

之所以洋溢令人不自在的氣息，是因為兄妹和莉娜的親密程度不上不下。

曾經各自上演搏命廝殺的場面，卻形容為「親密」，聽在他人耳裡或許會覺得奇特。

但達也與深雪都沒對莉娜抱持負面情感。尤其達也有種近似共鳴的感覺。

魔法師至今依然無法脫離兵器身分。

自己尤其是「這種東西」。達也沒忘記這一點。

要是他抗拒這種立場，國家與社會應該會試圖消滅他。

因為他的魔法能讓整個國家化為廢墟。

——而且，莉娜也一樣。

——她和我一樣，絕對無法逃離兵器身分。

——基於某種意義，莉娜比深雪更接近我……

「……怎麼了？」

可能是因為沉入這樣的思緒，因此直到深雪拉袖子提醒，達也才察覺莉娜有話想說。

「……沒事。」

既然深雪刻意提醒，那麼應該就不是在短短幾秒湊巧看見莉娜想說話。從莉娜不自然的態度來看也知道不可能「沒事」。

「這樣啊。」

但達也沒有故弄玄機地停頓下來，催促莉娜說明。他沒有愛管閒事到這種程度，而且要是太關心莉娜，恐怕也會影響深雪的心情。

最重要的是，電車逐漸進站。

「哥哥？」

此外，還有一個原因。

「有什麼東西嗎？」

「沒有。」

達也搖頭回應，將妹妹摟過來。

深雪微微一顫，有些猶豫地靠在達也身上。她沒有進一步詢問。

這是這對兄妹特有的輕鬆封口法。

達也將感受到視線一事，藏在自己心裡。

◇　◇　◇

「怎麼了？」

巴藍斯上校眼尖看出部下身體一陣緊張，直截了當地詢問。

管制員從螢幕移開視線轉身，臉上帶著困惑神色。

「我們的監視……似乎被發現了。」

「說這什麼傻話。」

堅守現實主義的巴藍斯，斷言這個部下的疑惑是多心。

「雖是近地軌道，但這是監視衛星的監視。何況不可能在地面以肉眼辨識鏡頭。」

「可是，剛才螢幕裡的司波達也，確實筆直地看向這裡。」

換句話說，他是將視線對準鏡頭觀察——

「如果是視力優秀的人，並非絕對看不見近地軌道衛星的主體。不過即使是知覺能力提升到極限的強化人，也無法辨識衛星上的監視鏡頭。」

巴藍斯以不耐煩的語氣回應，隨後稍微放鬆表情。

「算了。為了以防萬一，影像倒回三分鐘前播放一次。」

「遵命。」

即時影像切換到子畫面，母畫面開始播放錄影影像。高解析度鏡頭清楚映出希利鄔斯少校靜不下心，反覆左顧右盼的樣子。

這段影像就某方面來說令巴藍斯深感興趣（應該說無法忽略），但她將注意力集中在當下問題所在的司波達也。

少年看向希利鄔斯少校的視線往上一瞥。

看起來確實是在一瞬間窺視鏡頭。

不過，只是「這麼認為就可以這麼解釋」的程度。

實際上，應該只是心血來潮而仰望天空吧。

證據就是他的視線在這一瞬間之後從鏡頭移開。

「果然是多心。雖然比鬆懈好，但是過度警戒是誤判的根源。」

上校如此訓示之後，從母畫面移開目光。

子畫面映出希利鄔斯少校正要搭乘日本被稱為「電動車廂」的小型軌道車輛。巴藍斯反倒比較在意冠上天狼星名號的這名少女，她所展現的不穩定舉止。

◇◇◇

莉娜回到租用為日本生活據點的公寓大樓，在自己家門前深深嘆口氣。

她晚一步意識到依然沉眠在書包裡，那個包裝過的巧克力盒。

直到準備人情巧克力都沒問題，卻找不到巧妙提及這件事的藉口，結果就這麼帶回來了。剛才她反射性地回應「沒事」掩飾，其實她原本想在隨後道別時送出去。

（……明明不需要掩飾。因為這是人情巧克力。）

絕對沒有特別的意思。世間也將「人情巧克力」定義為沒有特別的意思。

——即使如此，這對自己來說也是一個重大的決心。難得準備了就該送出去。她在心中如此提醒自己無數次，努力讓抽搐的臉露出笑容。

雖然曾經搏命廝殺一次，卻同時也是曾經並肩作戰一次的交情。

（而且他願意為我的真實身分保密。）

既然有道義就不奇怪。不用擔心招致奇怪的誤解。

她當時以這種想法絞盡氣力，想要從書包取出盒子。

（可是……）

莉娜沒能送出去。

她看到達也突然將深雪摟過去，手就動彈不得。

（我當時為什麼……）

比起達也摟住深雪的事實，她更驚訝於自己的手動彈不得，受到雙重打擊。

（我究竟怎麼了！）

白白浪費巧克力也讓她遺憾。

（不過，這種事不重要。）

（重點在於，這樣簡直像是我……）

對於莉娜來說，這是真正的問題。

（簡直像是我喜歡達也，才因而受到打擊吧！）

（開什麼玩笑！）

莉娜在心中如此大喊。她因為自己的想法而嚴重亂了分寸。

（我沒辦法承認！我居然喜歡上那種愛挖苦人又有戀妹情結的花花公子，這件事我絕對沒辦法承認！）

（……我承認在意他。）

莉娜不明白自己在對誰解釋，在心中如此宣布。

（我在意達也。而且非同小可，強烈在意著他。）

這種想法像是在和某人爭辯。但她還是不曉得自己爭辯的對象是誰。

（不過這是基於他害我受到的屈辱！在為那場敗北雪恥前，我沒辦法不注意達也！）

既然這樣就不應該準備巧克力，而是白手套吧？平常的她應該會這樣吐槽自己。（註：扔白手套是西方下戰書決鬥的一種方式）

不過，這時候的莉娜沒有這種平常心。

莉娜就這樣靜不下心地開門，隨即察覺異狀。

意識急遽冷卻。

希兒薇雅已經回國，莉娜現在一個人住。

但裡面有別人的氣息。

冰涼的緊張感竄過背脊。居然直到開門都沒察覺，實在過於大意了——她如此斥責自己，重新振作起來，慎重鑽到門後。

如今顧慮這種事應該太晚，但她無聲無息地關上門。

莉娜一瞬間煩惱要不要脫鞋。其實根本不用想，但她忍不住擔心之後要花時間打掃。

她再度斥責自己，將這種愚笨的雜念從腦海裡頭趕出去，隨後輕輕將書包放在地上，放低重心準備衝進去。

「——看來妳說自己不擅長知覺系統魔法，是相當含蓄的說法。」

接著，上方傳來長官傻眼的聲音，使她進退兩難。

「您有事的話，可以命令在下過去就好。」

莉娜以絕對稱不上流暢的動作準備茶水（與茶點），戰戰兢兢地向坐在樸素餐桌對面的瓦吉妮雅・巴藍斯上校說話。

但上校沒有直接回應莉娜的提議。

「妳可能知道，我在軍方的資歷大多是後勤，而且主要是人事相關業務。」

莉娜當然也知道巴藍斯上校這種名人的資歷。包括她以優秀成績從名門商學院畢業，稱職地在職場大顯身手，在經歷之中屬於少數的前線勤務，也留下無從挑剔的功勳。

「希利鄔斯少校，我的經驗告訴我一件事。」

「請說。」

莉娜挺直背脊，以生硬語氣回應。她半本能地理解到接下來的事情不能以笑容聆聽。

「我擔心貴官在本次作戰，對於目標對象抱持過度的同理心。」

巴藍斯的指摘使得莉娜頓時語塞，無法回應。莉娜自認做好了心理準備，但是到了緊要關頭

「下官沒這種想法……」

「是嗎？最好只是我想太多。」

巴藍斯說著，看向莉娜放在椅子上的書包。

莉娜肩膀使力。

要是書包裡的那個東西被看見的話，巴藍斯難免會認定她在說謊。對她的質疑將會強烈到近乎確信吧。即使她再怎麼主張這是誤會，或許也沒辦法得到信任……

「我自認明白貴官的特殊隱情。」

不過，巴藍斯並沒有命令莉娜打開書包給她看。

「在STARS歷任總隊長之中，只有貴官不到二十歲就接任這個職務。」

巴藍斯的眼神和單純的責備有些差異。

「以現代魔法技術及理論體系開發的魔法師，新世代的魔法潛力大多比上個世代高。即使如此，主張妳太年輕的聲浪也不小。當時若徵詢我的意見，我應該會反對貴官就任總隊長。」

巴藍斯的語氣聽起來，不同於其他對莉娜的地位提出異議的人。

「貴官才十六歲。我回顧自己十六歲當時也知道，這個年紀很難控制情感。」

莉娜從語氣與氣氛知道長官是由衷擔心她。因此也規規矩矩地專注聆聽。

不過，巴藍斯看到莉娜有些僵硬的表情，臉色不知為何變得有點像是在鬧彆扭。

「……我在妳眼中可能是個阿姨，但我也經歷過青春歲月。」

「請別這麼說！下官絕對沒這種想法！」

巴藍斯意外過頭的莫須有指責，使得莉娜整個人彈起來拚命辯解。

但莉娜在驚訝的同時，也感受到逗趣與安心。身為女軍官毫無批判之處，看起來完全無懈可擊的上校，出乎意料展現這種「可愛」的模樣，有著緩和莉娜緊張情緒的效果。

「……算了。忘記剛才那段話吧。」

看上校一臉失言的樣子，這應該不是刻意作戲，而是毫不矯飾的率直表情。

「……下官確實對司波達也抱持ＵＳＮＡ軍人不該有的同理心。」

正因如此，莉娜也能稍微坦誠吧。

「但這絕非戀愛之類的情感。下官對他抱持的情感，反倒是對勁敵的競爭心態。」

「勁敵？」

「是的。上校閣下應該也從報告書得知，下官曾經敗給司波達也一次。」

「原來如此。妳就任為『天狼星』至今，首度在魔法戰鬥敗北？」

「是的。」

其實在模擬戰的時候，莉娜就數度敗在以卡諾普斯少校為首的隊長級成員手下，但當時都是她獨力對付複數對手，因此不需要提出這件事糾正上校的發言。

「我明白了。既然這樣，事情就好商量。」

上校的語氣微妙地產生變化，洋溢的氣息暗藏冰涼的寒氣。

光是如此，莉娜就領悟到緩刑期間結束。

「希利鄔斯少校——本官命令貴官從現在起，暫時停止追蹤、處分逃兵，回頭執行當初接受的任務。」

莉娜也不知不覺地再度端正姿勢。

「今後的最優先任務，是取得『質能轉換魔法』的術式或逮捕術士。若是無法取得術式，也只能不得已癱瘓術式功能。」

所謂「癱瘓魔法術式功能」，指的是讓任何人都無法使用該術式。也就是消滅術士。

「首先假定目標對象為司波達也。第一波行動是由STARDUST於明晚襲擊目標對象。貴官裝備布里歐奈克，自行判斷時機適時介入。」

「——遵命。」

莉娜收起表情，起身向巴藍斯敬禮。

◇　◇　◇

艾莉卡在第一高中學生之中，通學時間算是比較長的。入學時有人建議她在學校附近找房子住，但她堅持從自家通學。

不是因為沒辦法離開家人獨立。

正好相反。

父親表示要幫她準備一間公寓大樓作為住處（不是為了她而「租」，而是「買」），使得她賭氣要從家裡通學。

即使多少不方便，她也不當成一回事——比起對父親或大哥言聽計從的不快感好得多。

艾莉卡沒搭乘通勤車，從車站行走完全變暗的通學道路回家。對於她這樣的美少女來說，這種行為不甚推薦，但家人完全不擔心。因為實力足以危害到艾莉卡的人，不可能甘於淪落為色狼或搶匪這種小壞蛋。

這不是偏袒自家人，是客觀的事實。艾莉卡今天也平安穿過家門。

她的房間不在主屋，和道場比鄰的別館就是她的「家」。

這間別館除了艾莉卡之外，沒有其他人住。她一進自己房間就扔下書包，沒換掉制服直接倒在床上。平常她不會做這種懶散的舉動。但她今天從早上就因為每年的例行活動耗盡精力，加上一整天曝露於他人窺視的視線之下，使得心情火爆。

艾莉卡自覺容貌頗為出色（客觀來說，這個評價有些保守），所以在今天這個日子，年紀相仿的少年（以及少數少女）難免關心她的動向。她明白這一點，但是……

（既然這樣，也應該知道以我這種個性，不會送人情巧克力吧？）

他人終究只看外表——艾莉卡自己得出的結論，使她的疲勞感更加嚴重。

她不討厭自己的容貌。

長得美比長得醜來得好。

她排除利益得失，如此認為。

要是像深雪那樣過於美麗，要費神的事似乎多於好處，所以艾莉卡認為自己這樣剛好。

不過，她討厭別人只以外表判斷。

不如說她討厭因為外表而被吹捧。

只因為外表而受到的善意，如果是過度的善意，不只是對於喜歡的一方，對於被喜歡的一方也只會是不幸的源頭。

艾莉卡如此確信。

她的目光自然地投向衣櫃上方。

上面擺飾著一個小相框。

不是數位相框，是列印出來的照片。影中人是髮色比艾莉卡更明亮，栗子色頭髮近乎金色，面容和她極為神似的女性。艾莉卡再過十年，應該會和照片裡的女性一模一樣。兩人相似到令人這麼認為。

那是艾莉卡十四歲時過世的母親照片。

是生下她的女性，也是讓她如今像這樣獨居於別館的女性。

安娜・羅瑟・鹿取。

這是艾莉卡母親的姓名。

從名字與外表就可以大略推測得到，她是日德混血兒。

而且，姓氏不是「千葉」。

以現代風格的委婉說法，艾莉卡的母親是艾莉卡的父親——「百家」千葉家當家的「情婦」，以早期風格的直接說法就是「小妾」。

艾莉卡被允許姓「千葉」是在母親死後，而且直到就讀高中前（具體來說是到她以「千葉艾莉卡」這個姓名報考入學測驗）只在自家被允許（所以達也不曉得「千葉艾莉卡」這個人）。

艾莉卡是在正妻病逝前誕生。有個臥病在床的妻子卻做出「這種事」，艾莉卡覺得自己的父母都沒有辯解的餘地。雖然似乎很冷漠，但她在這方面已經劃分得很清楚，認為是母親的錯。

就算這麼說，她也絕對不能接受只有母親被當成壞人。因為大部分的責任在那個父親。

她曾經不曉得受到蔑視的原因，將嬌小的身體縮得更小，悄然度過每一天。

也有一段時期為了讓自己與母親受到認同，不顧一切專注地練劍——她就是在這時候成為千葉道場的偶像。一、二十歲的道場年輕門徒之中，實力特別好的門徒集結組成「艾莉卡親衛隊」，在艾莉卡看似因為母親過世而失去對於劍術的熱情時，在各方面多管閒事地提供協助。

回首往事，她重新體認到現在是她至今人生最快樂、最充實的一段時光。

令她發自內心率直地覺得「敵不過」的女性好友們。再怎麼專心注視也看不出真正底細的男性朋友。

讓自己的內心暖洋洋的同班同學。

值得捉弄的拌嘴損友。

同樣值得捉弄的兒時玩伴。

認同她「實力」的同伴們，以及能讓她發揮實力的機會。

現在，揮劍是快樂的事。

將時間浪費在冷嘲熱諷太可惜了。

感覺只要和他們在一起，就能無止盡地進步。

所以——她不希望因為無聊的戀愛遊戲而心煩。

艾莉卡思考著這種事，心不在焉地看著天花板時，門鈴忽然響起。不是有人外找，是開門的通知。大概是對方看到門沒上鎖就擅自進入吧。反正並不是臥室被人偷窺，所以艾莉卡不打算這麼緊張兮兮。

艾莉卡看向時鐘。

她現在要用餐還太早。

先不提兩個哥哥（都是同父異母），姊姊（當然也不同母親）露骨地抗拒和她共桌，所以艾莉卡主動錯開用餐時間。要是姊妹見面，不只是姊姊，她自己也會覺得不愉快。艾莉卡很清楚這一點，所以沒必要刻意逞強。

艾莉卡心想是誰而起身時，房門被敲響。

壓低的腳步聲、平穩的呼吸、控制得宜的氣息，符合這些條件的只有兩個哥哥。大哥忙著處理那個案件，每天都會很晚回來才對。所以——

「是修次兄長大人嗎？請進。」

艾莉卡如此回應時，已經從床上移動到桌子前面。

「艾莉卡，抱歉在妳放鬆休息的時候打擾。」

艾莉卡坐在桌子前面，讓椅子轉到門口方向，背脊挺得筆直，雙手放在膝蓋上。但二哥修次只朝床舖一瞥就愧疚般地這麼說。

哥哥號稱「千葉的麒麟兒」。以他的眼力，這種程度不值得驚訝。

實際上，艾莉卡連眉頭都沒動一下。

「不，我只是稍微休息一下。所以您有事找我吧？」

暑假時，艾莉卡是因為看到了他和「那個女人」在一起而不禁火上心頭。否則對於艾莉卡來說，這位哥哥的身旁從以前就是她內心的避風港。

只有在扯上「那個女人」的時候，她才會對這位哥哥大聲嚷嚷。

「嗯……我一直猶豫該不該說……但還是覺得要先告訴艾莉卡一聲比較好。妳班上有個少年叫司波達也吧？」

「是的，他怎麼了？」

雖然內心的情緒沒有表現在臉上，但艾莉卡此時相當亂了分寸。突然聽二哥提到達也，完全在她預料之外。

「他正受到國防軍的監視。」

「……啊？」

「這件事很突然，妳難免無法相信。但這是真的。」

艾莉卡確實因為很突然而無法相信，但她無法相信的原因，應該和修次想像的不同。

艾莉卡知道達也是國防軍的外部成員。

當時帶他離開的軍官提到，達也隸屬於國防軍的事實是國家機密。

底層軍人很可能不曉得他的身分。

然而，達也即使沒納入正規編制也是軍方一員，國防軍卻派人監視這個自己人。艾莉卡有種笑不出來的荒唐感。

只不過，艾莉卡之所以能感到傻眼，是因為這是和她無關的第三者接到的任務。

「我也接到非正式命令。」

如果這個任務和家人有關，她就無法光是嘲笑了。

「這項任務，非得動用到正式身分目前仍然只是防衛大學學生的修次兄長大人？究竟是什麼樣的任務……」

「監視他，有必要的時候護衛他。」

「監視與……護衛？」

「嗯。司波似乎被捲入等級足以驚動軍方的麻煩事。」

這種事早就不是新聞，而且與其說被捲入，達也應該就是當事人吧？艾莉卡如此心想，但她覺得無論是為了達也或修次，她都不應該說出口，所以保持沉默。

「艾莉卡，我覺得妳暫時別接近達也比較好。」

「即使在學校裡也一樣？但我和他同班啊。」

即使是尊敬的二哥如此指示，艾莉卡也沒辦法聽從（如果是大哥，她肯定是嗤之以鼻），加上這番話聽起來有強烈火藥味，所以艾莉卡決定總之試探看看。

「不，我認為再怎麼說，他也不會在校內遇襲。」

換句話說，襲擊的主力不是莉娜。即使莉娜加入襲擊陣容，也很可能是和其他部隊合作……

艾莉卡如此判斷。

「兄長大人，既然這樣，請您不用擔心。我和司波同學只是放學一起走到車站的交情，不會在回家之後相約出遊。」

「這樣啊。其實妳應該也要避免和他一起上下學……但是煽動不安情緒也不太好。」

艾莉卡從這番話就知道，對修次如此下令的這個派系，與其說是要保護達也，以達也為誘餌才是主要目的。

「總之艾莉卡，妳要小心。」

「兄長大人，謝謝您。」

——我會依照吩咐，和達也同學一起小心。艾莉卡在心中補充這段話。

◇　◇　◇

深雪回家的第一個動作，就是搶走哥哥手中滿是巧克力的布袋，就這樣扔進冰箱。

達也直到去年為止頂多只收到一兩個，所以他很擔心妹妹在這次兩人獨處時會有何種反應，但深雪的應對方式比想像中冷靜，令達也鬆了口氣。

「哥哥，我立刻準備晚餐，請回房休息一下。」

達也走到廚房看看狀況。深雪輕盈地轉過身來，滿臉掛著不自然的笑容如此囑咐。

這番話翻譯之後的意思是「在我通知之前不准來看」。這次和去年為止的演變不同。達也抱持一絲不安，乖乖待在自己臥室。

約一小時後——

「來這招啊……」

達也不由得出聲低語。

一股甜美的芳香氣味充斥於飯廳。那和真由美疑似藥物的物體不同，是貨真價實，沒有誤解餘地的巧克力味道。

深雪以笑容（這次是自然的笑容）催促達也就座。

她的打扮同樣讓達也愕然。

「請問怎麼了？」

深雪微微歪過頭，笑容加入些許惡作劇的感覺。

顯然是明知故犯。

「……我想說妳這套衣服是從哪裡弄來的。」

「衣服？這只是供餐服務用的衣服啊。」

聽她這麼說，這套衣服或許確實用在正確的用途。

但是先不提時間與場合，達也不認為這個地點適合這套衣服。

如果這裡不是普通家庭的飯廳，而是某種愛好者聚集的餐廳，應該稱得上符合時宜。

深雪的服裝是泡泡袖上衣、胸前以繫帶編織的無袖連身裙、滿是荷葉邊的圍裙。換言之就是中歐提洛爾民族風格的服飾。

即使可以理解這是配合料理的概念，也做得有點過火吧……

「請問，穿這樣不合適嗎……？」

「不，很合適。非常可愛。」

即使心裡頭那麼想，聽到妹妹不安地詢問，還是脫口如此回答。達也覺得這樣不像是自己的個性，好想一頭撞向桌子或柱子。

「謝謝稱讚！」

不同於達也的想法，深雪開心地接連端料理上桌。達也事到如今也不能不到餐桌就座。

重點的本日菜色如下：

主菜的肉類料理是巧克力醬菲力牛排。

配菜是富含堅果的餅乾搭配巧克力鍋。

甜點是水果，搭配加入白蘭地的白巧克力鍋。

毫不誇張的巧克力全餐。

「哥哥，這是深雪只為哥哥準備的情人節巧克力，請享用。」

這確實是只有住在同一個屋簷下做得到的事。

居然不是以甜點形式，是以餐點形式端出巧克力。

何況這麼一來，達也今天肯定會吃下肚。

這是深雪絞盡腦汁的成果。

吃完甜點時，深雪的臉蛋明顯染上紅暈。達也一邊吃著白巧克力鍋，一邊擔心白蘭地的酒精成分似乎沒有充分揮發，看來並非他多心。

深雪只有陪同吃一點，酒精攝取量應該不高，然而……

「深雪，妳還好嗎？」

「嗯?您是問什麼事？」

深雪以詫異的表情回問，同時起身收拾餐具。

她的回應有一點點口齒不清。

深雪將盤子全部疊起來，想要一次收走。

達也感覺到危險。

平常的深雪搬運這麼多盤子會分兩三次。肯定是因為沒有注意到身體的疲勞，因此下意識想要一次收拾乾淨。

達也靜靜地、迅速地繞過桌子。

「呀啊！」

抱住正如預料絆到腳的妹妹。

沒有響起餐具破掉的聲音。

達也單手護住深雪，同時以另一隻手接住所有盤子。

他流暢地轉身，將餐具放回桌上。

接著重新以雙手穩住妹妹的身體，讓她站好。

「謝……謝謝您，哥哥。」

「深雪，妳到沙發休息一下。」

深雪沒有堅稱自己不要緊。

要是逞強而更加造成達也的困擾，將是最壞的結果。

餐具堆放在流理台之後，ＨＡＲ就會負責處理，不會過度勞煩哥哥。深雪知道這件事，所以讓哥哥善後引發的罪惡感以最小限度作結。

只是，深雪無法避免心情消沉。

明明氣氛難得那麼好，卻在最後的最後搞砸……這是深雪毫不虛假的想法。

不得不懷疑是某種超越人智的存在刻意攪局。

不對，到頭來，如果要說攪局、要說妨礙、要說詛咒……

「……我為什麼是哥哥的妹妹？」

這句話不由得隨著嘆息脫口而出。

不小心溢出的真心片段。

映照內心的鏡子碎片。

從昨天就不斷在內心反覆的話語。

深雪連忙轉身。

剛才那句話，是絕對不能被哥哥聽見的話語。

是不能傳達的心意。

深雪對自己的妹妹身分沒有不滿。

這是深雪的真心話，絕非虛假的謊言。

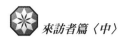

正因為是兄妹關係，才能和哥哥在一起。

正因為自己是妹妹，哥哥才會隨時關心。

不過——深雪內心某處，確實希望自己和哥哥是另一種關係。

這種想法，依然只不過是碎片。

但或許總有一天，這塊自我的碎片，將會取代原本甘願當個妹妹的自己。

深雪對此感到害怕。

害怕哥哥得知她如此期望。

轉身一看，視線前方的達也還站在流理台前面。

以他敏銳的五感，也無法在這個距離聽到小小的低語聲。

深雪鬆了口氣。

她的內心一角，遺憾於哥哥沒聽到這句話。

深雪沒有正視這樣的自己。

【11】

「它」位於黑暗之中。

明明意識清醒，身體卻無法動彈。

眼睛睜不開。

耳朵聽不到。

嗅覺與觸覺也沒有運作。

「它」若是人類的話，大概會在這半天發瘋。但「它」並不是人類。基於「一般意義」甚至不是生物。

「它」可以永遠等下去。因為「它」沒有壽命概念。「它」在意識清醒之後，一直思考自己寄宿於什麼東西、自己是什麼東西。為了探索真相，讓自己逐漸滲入自己寄宿的容器。

「它」立刻明白自己是什麼東西。是誰讓寄宿在這個空容器的自己得到意識，這種問題根本無須思考。正因為是空空如也的容器，所以不會受到其他雜訊意念的干擾。

「它」理解到自己為何「誕生」。接下來只需等待得到行動能力。

靜心等待的「它」，忽然感覺到一股活力注入「容器」。

「它」迅速掌握「軀體」。這方面的知識已有預先蓄積於「頭腦」。雖然和「上次」的狀況不同，但幸好「它」不記得當時的事。將「頭腦」裡四處飛竄的電流轉換為想子訊號讀取，是「上次」也有的經驗。「它」即使不記得也知道怎麼做，而且幸好這個容器儲存大量的想子。

朝內側發送的想子訊號，以滲透想子的己身讀取。「它」成功地學會了這具身體的使用方法。「眼」看得見、「耳」聽得到。手指、雙手、雙腳可以動。這樣就可以讓「那個人」使喚自己了。「它」得到可以隨心所欲驅動的身體，好想將這份喜悅顯露在臉上。

——然而，表情並未改變。這具身體不具備打造表情的功能。所以「它」以獲得的頭腦一邊尋找「那個人」，一邊試著以「自己的能力」表達喜悅。

◇◇◇

二月十五日。

第一高中校內不同於昨天的浮躁空氣，洋溢著奇妙的困惑。

這個事件並非和全體學生有關。反倒和大多數學生沒有直接的關係。

即使如此，這份困惑乘著好奇心的漣漪，眨眼之間擴散到全校。

達也是在午休時間，還沒用餐時就來到事發現場。

他並不是表現出愛湊熱鬧的天性。是面識的一年級同學（這個人是貨真價實的「當事人」）不斷拜託之下，才不情不願地跟著過來。

「啊，司波學弟。」

五十里認出達也，以聽起來鬆一口氣的聲音叫他。

「五十里學長，辛苦了。中条學姊也被找來？」

達也稱為「中条學姊」的人不用說，當然是梓。之所以沒有稱她為「會長」，是因為達也心中「學生會長即真由美」的印象過於強烈，沒有其他用意。五十里身旁當然由花音陪伴。仔細看向人群，也看得見社團聯盟總長服部的身影。

「因為這個現象造成許多學生的不安……」

梓本人不安地回應。她雖然被找來，但這件事似乎不適合由她處理。

「不過如果是事實，我覺得高中生沒辦法處理。老師那邊怎麼說？」

達也講到「如果是事實」時，拉他前來的同學傳來一股不滿地噘嘴的氣息，但達也實在不認為是事實。

3H（Humanoid Home Helper：人型家事輔助機械）——亦即機械人偶居然露出了笑容，釋放魔法力。

如果只是人偶露出笑容，應該不會如此受到關注。實際配備有表情更換功能的人型機械已經試作成功。如果沒安裝這個功能的Ｐ94型真的換了表情，就某方面來說是異常事態，但不熟悉機械技術的人肯定不會太在意。而且魔法科高中生大多不熟悉魔法系統以外的純機械技術。

然而，原本應該不會變換表情的人偶卻掛著微笑施展魔法，就是魔法科高中生不可能忽視的靈異現象。

他們使用的魔法是「超自然」現象，卻不是「靈異」現象。或許正因為他們操作超常法則，才會對於脫離這種法則的現象感到恐懼與不安。

「廿樂老師直到剛才都在調查，但他說無法得出確定的結論。」

「也無法否定？」

「是的。」

如此回答的五十里，臉上的為難神色更加明顯。

「從Ｐ94的軀體觀察到高濃度的想子痕跡。老師說是從軀體胸部中央對外釋放。」

五十里的回應令達也蹙眉。他會質疑也是理所當然吧。

「３Ｈ的胸部是電子腦與燃料電池的存放區吧？從哪一邊釋放的？」

３Ｈ的構造是頭部安裝通訊元件與主感應裝置，左右胸口各一顆燃料電池，電子腦安裝在燃料電池中間，骨架裡是情報傳輸線與能量輸送管。

既然是從胸部中央釋放，來源應該是電子腦……

「是電子腦的所在區域。真是的……這也太優秀了。」

答案正如預料。達也好想和五十里一起嘆氣。

雖說是理所當然，但電子腦沒有釋放想子的功能。電流訊號與想子訊號需要感應石才能進行雙向轉換。３Ｈ只不過是家庭自動化系統終端裝置，沒必要安裝感應石。實際上也沒安裝——理應如此才是。

「……會不會是這裡的成員改造過？」

達也說的「這裡」是機器人研究社。他們交談的地點，是分配為機研社辦的機庫。

「如果是這樣，我們就不會這麼煩惱了。」

達也這個問題聽起來一點都沒當真，結果得到的回應夾雜著乾笑聲。

無聊的玩笑話，完全沒發揮轉換心情的功能。

「而且也偵測到靈子痕跡。不過無法確認靈子源頭位於內側還是外側。」

「因為靈子觀測機器的性能，比想子感應器粗略得多。」

達也嘴上隨口帶過，但五十里補充的這個情報，強烈刺激他的思考能力。

達也腦中建構出超乎常理的假設。他以意志力克制差點失控的思緒，暫時將這個關於源頭的

「控制的部分沒有異常吧？比方說會擅自亂動……」

「噢，這部分到目前還沒有。現在依然按照指令處於待命狀態。」

後方傳來想要搭話的氣息。大概是深雪與穗香擔心達也就這樣沒吃午餐而買來餐盒。

「所以我要怎麼做？」

但達也還沒和五十里結束討論。要是沒確認自己被找來的用意，就沒辦法安心用餐。

「想請你檢查P94的電子腦。CAD是結合電子技術與魔法技術的代表性機械，而且你是本校最精通CAD軟體的人材。至少我這麼認為。在九校戰……」

五十里說到這裡，可能是事到如今才察覺圍觀學生的視線，而壓低音量。

「在九校戰曾經發生『電子金蠶』的案例，想請你確認是不是混入類似的東西。」

「原來如此。」

達也總算明白五十里在擔心什麼。

若是潛伏型的延遲術式，先不提表情變化，或許可以讓人偶看起來像是使用了魔法。雖然會讓人質疑做這種事有什麼用，但隨興犯案的可能性也不是零。

「我明白了。不過在這裡無法充分檢查，我想借用維修室。」

「沒問題，我立刻申請。」

這聲回應是來自於梓。她正如自己所說，熟練俐落地操作行動終端裝置，接著鬆了口氣，抬起了頭來。

「校方准許使用維修室了。時限到第四堂課下課為止。」

意思是暗示我蹺課？達也在心中如此吐槽。

附帶自動調校功能的CAD調校機，設置在名為「試機室」的房間。學生或教職員通常都用這個房間調校自己的CAD。

維修室不只是用來將CAD配合使用者調校的房間，也可以進行CAD本身的改裝或調整。這裡的機器可以進行詳細的設定變更或簡單的改造。不過這些機械屬於高度專業，難以操作，因此很少人使用。達也將P94搬到這間維修室。

同行的除了五十里與梓，還加上深雪、穗香、艾莉卡、雷歐、幹比古、美月等固定班底。委託達也處理這件事的同學，不曉得是被大有來頭的堅強陣容震懾，還是處於這群小團體之中覺得不自在，早早就匆忙逃離現場。

花音學深雪她們去福利社購物，服部趕走多餘的看熱鬧學生。即使服部自己也是看熱鬧的一員，他依然允許自己與艾莉卡、雷歐等人列席，他複雜的個性由此可見。不過這應該不算缺點。

實際上，五十里與梓就因為少了許多看熱鬧的視線，表情變得稍微放鬆。

「總之，方便告訴我發生了什麼事嗎？」

五十里表示可以先吃，達也恭敬不如從命地吃著三明治，首先要求正確的情報。

「我只知道校內的傳聞。」

拉達也過來的同學也沒有充分說明狀況。

「事情的開端是在今天早上七點整。」

五十里點頭認同達也的要求很中肯，以制式化的語氣開始說明。

——二月十五日，早上七點。

機研機庫保管的３Ｈ，通稱「琵庫希」的Ｐ94型，經由外部的無線通電，從待命狀態恢復運作。Humanoid Home Helper——簡稱３Ｈ的家事輔助機器人，具備以內部電源重新啟動的定時功能，不過考量到燃料電池的負擔，建議啟動時使用外部電源。

琵庫希在學生還沒上學的這個時間清醒，是因應自我診斷程式的執行。３Ｈ的使用說明書建議機器人每天正式運作之前要跑一次自我診斷程式。一般家庭很少遵守這個步驟，不過機研借用的Ｐ94也兼為測試用途，所以忠實遵守說明書要求的所有事項。

如前面所述，機庫沒有學生。自我診斷的狀況，是以安裝遙控應用程式的伺服器自動監控，機體則是以機庫裡的監視器確認是否有異常舉動。

自我診斷程序沒有發現異常就結束。程式本應就此關閉，3H也將再度恢復待命狀態。然而，理當沒有異常的3H，並沒有按照既定程序停止功能。

自我診斷程式關閉之後，P94開始和伺服器通訊，試圖連結校內學生名冊的資料庫。

遙控應用程式判定系統很可能感染惡意程式，發出強制停止指令。不只是3H，只要是以電子腦控制的機械，強制停止指令比所有指令都優先。只要使用的是設計理念正常（不允許機械失控）的作業系統，不可能在軟體層面抗拒這個指令。

如果是軍用機械，可能會內建阻絕遙控指令的裝置，但民生機械並不會安裝這種硬體。P94當然也沒有安裝。就算為了轉移到安全停止動作的程序，必須花點時間才能完全停止，也不可能無視於指令本身。

即使如此，琵庫希依然沒停止運作。

P94後來也持續向伺服器提出連結要求，直到伺服器端關閉無線連結才停止異常運作。

監視器記錄到琵庫希在異常運作時，臉上一直掛著開心的笑容——

「當時是一副按捺不住，期待已久的表情。」

五十里如此總結時，旁邊的梓臉色看起來有些蒼白，應該是那張笑容令她感覺毛骨悚然又恐懼。原本不可能變換表情的機器人偶要是露出這種臉，達也肯定也會覺得毛骨悚然。

「後來我也有檢視P94的記錄檔，發現它確實接收到強制停止指令。不，雖然難以置信，但要是記錄檔正確，P94的電子腦已經執行強制停止指令。」

達也聽完這番話，深思片刻。

「……電路層面本應停止的P94之所以會繼續運作，在於電子腦以外的某種東西發出非電子指令的訊號控制機體。而且操縱的可能是想子波本身，或是伴隨想子波的魔法力量。」

「不愧是司波學弟，正是如此。不只是廿樂老師這麼說，我也覺得只能如此說明。」

「明白了……我檢查看看。」

依照剛才所說，機體被新型病毒感染是最妥當的推論，但這樣無法說明「笑臉」。達也猶豫是否要在五十里與梓面前使用「視力」，不過一切似乎要等「看過」才能開始。

「琵庫希，解除待命模式。」

達也向坐在自走式台車（正確來說是坐在固定於台車上的椅子）的少女型機器人下令。

命令立刻生效。換句話說，語音指令的功能正常。暱稱為琵庫希的機體張開雙眼，從椅子上起身之後深深鞠躬致意。

「請問有何指示？」

琵庫希的嘴唇微微蠕動，流暢說出啟動時的既定話語。

無須建構文法，平順播放預設的制式字句。雖說如此，語氣聽起來比以前更像人類。

「我要閱覽今天早上七點以後的操作與通訊記錄。仰躺在台子上進入檢修模式。」

「請出示管理者權限。」

達也這個命令需要管理者權限，琵庫希的回應也是預設的制式反應。

琵庫希沒走下台車，因此她（？）從稍微高於達也的位置注視著他的雙眼——這當然是套用在人類動作時的形容方式，實際上應該是注視整張臉。在這個距離進行虹彩認證的技術還沒進入實用階段。

然而，達也並未登錄為琵庫希的管理者。因此不可能靠臉通關（以臉部認證通過保全系統），非得提出得到授權的證明。

實際上，達也胸前口袋別著證明管理者權限的卡片。

所以琵庫希的視線原本不應該朝向達也臉部，而是胸前口袋。

即使如此，琵庫希的視線卻固定在達也臉上沒有移動。

這段停頓的時間，形容為「凝視」最為合適。

不只是達也或梓，在所有人覺得「不太對勁」的時候，琵庫希動了。

她嘴裡編織出「找到了」的細微聲音。

以堪稱慎重的腳步走下台車。

在下一瞬間撲向達也。

（不可迴避！）

達也腦中閃過思緒。

（威脅度：低。）

這是壓縮過的思緒。

——達也從正面接住比自己矮一個頭以上的琵庫希軀體。

考量到會用在民宅裡，3H是以輕量材質所打造。

撲過來的衝擊不強。肯定和平均標準的成年女性撲抱力道差不多。

響起無聲的尖叫聲。

琵庫希的雙手穩穩摟住達也的脖子。

換句話說，真的是從正面擁抱。

包含達也本人，所有人都說不出話。

「啞口無言」應該就是用在這種場合吧。

這種程度的驚訝支配著室內。

機器人居然進行如此熱情的情感表現，根本不可能——

「……哇，連機器人都會迷上司波學弟啊。」

沒有目睹震撼一瞬間的某人，打破這股籠罩室內的沉默。

剛剛進入房間的花音，以冷淡的聲音吐槽。

麻痺的情感以此為契機，接連重新啟動。

達也感受到芒刺在背的視線。

正後方傳來近似暴風雪的冰冷怒氣。

最早從當機狀態恢復為常態的是深雪。

但現在的她是否可以形容為「常態」，並不是毫無爭議。

「……沒想到哥哥居然有玩娃娃的嗜好。」

「深雪，總之妳先冷靜下來。」

如果只有穗香投以責備視線就算了，達也萬萬沒想到妹妹也冤枉他花心（？）——平常就預料這種事的「哥哥」，肯定在這方面有點不正常。

「不是我主動抱它，是它抱我。」

「憑哥哥的身體能力，應該能輕易躲開才是。」

達也若想躲開確實辦得到。３Ｈ的機械最大動力，限制在成人女性的平均力氣以下，以免失手破壞傢俱或餐具。更重要的是避免一不小心傷害到擁有者的家人。

「要是我躲開，不就會撞到妳？」

即使如此，達也依然沒躲開，原因在於深雪位於正後方。達也和琵庫希有體重差距，所以它撲過來也接得住，但如果是深雪很可能被撞倒在地。

「喔喔，原來達也在那一瞬間計算到這種程度？」

「這種事一看就知道吧？」

雷歐以一副隨時會敲手般的聲音表達驚訝之意。聞言，艾莉卡隨即便以一副「現在還講這什麼話」的語氣吐槽。

「……非常抱歉，我說得太失禮了……」

另一方面，不知道背後真相（應該說沒有思考到這麼多）的深雪雙手按著嘴角，意氣消沉地為自己的錯誤道歉。只是她雖然看起來沮喪，也隱約透露一絲喜悅。

「不提這個，將琵庫希處理一下吧。」

此時總算重新啟動完成的梓，以有些顧慮的語氣提議。

達也俯視依然緊抱自己不放的琵庫希，露出愧疚的笑容。

「琵庫希，放手。」

達也一聲令下，以軟性樹脂包覆的機械手臂隨即微微顫動——這肯定只是馬達啟動時的反作用力吧。

琵庫希聽話地乖乖鬆開雙手——之所以看起來依依不捨，肯定只是看錯。

仰望達也的雙眼似乎注入火熱視線，肯定只是多心。

明明這一切肯定只是錯覺——達也卻不知為何無法無視。

「取消變更模式的指令。琵庫希，坐在台上。」

「遵命。」

琵庫希這次立刻遵從指示。基於常識，這應該解釋為達也這個命令不需要管理者權限。但可能是因為剛才的異常動作烙印在眼底，琵庫希看起來彷彿因為是達也下令才會乖乖遵從。

「美月。」

接著達也呼叫的是美月。

「什……什麼事？」

完全抱持旁觀心態的美月突然被點名，聲音不禁高八度。

感到意外的不只是美月本人，五十里與花音也投以疑惑的目光。

「美月，幫忙看看琵庫希的內部。麻煩幹比古幫忙防護，以免美月受到太大的傷害。」

「……你認為琵庫希被某種東西附身?」

如此詢問的幹比古,聲音下意識地壓低。

「居然說『某種東西』,幹比古,你選擇的說法真是拐彎抹角。」

達也同樣沒有直接回答,卻足以傳達他的預測。

幹比古取出符咒代替(校內)禁止攜帶的CAD,注入意念。

美月似乎也明白達也的想法了。她神情緊張又有點害怕,但還是好好注視著琵庫希,同時取下了眼鏡。

美月的雙眼睜大。

琵庫希在她開口之前產生變化。

模仿人類打造的面具,產生表情。

存在經由「被看見」而定型——這或許也是這種現象的一例。

「有東西……是寄生物。」

某人倒抽一口氣。

美月以外的所有人,各自以不同方式表達驚訝之意,各自擺出架式提防。

「可是……」

美月的低語還沒結束。

「這個波形是……」

美月蹙眉發出「唔～」的聲音苦惱思索之後，忽然轉身。

「咦，什麼？」

她的視線投向穗香。

美月凝視穗香好一段時間之後，視線在穗香與琵庫希之間反覆來回。

「這個波形……很像穗香同學。」

美月編織出這個結論。

「咦咦！」

穗香驚聲大喊。

「……怎麼回事？」

花音率直地將疑問說出口，但如此疑惑的不只她一人。

「寄生物受到穗香同學思念波的影響。」

美月面對理所當然的驚訝與疑問，難得以果斷的語氣回應。

「那個……意思是它被光井學妹控制？」

「不，我認為不是這種連結。」

美月搖頭回應五十里的問題。

「並不是穗香同學和寄生物之間有連結，感覺是寄生物複製了穗香同學的意念。或許應該形容為穗香同學的『心意』烙印在寄生物上。」

「我沒做這種事！」

「美月並不是說穗香刻意這麼做。」

達也安撫著差點陷入恐慌的穗香。

「對吧，美月？」

「啊，是的。我覺得不是刻意使然，近似於殘存意念。」

免於產生恐慌了。

但是疑問完全沒有解開。

「殘存意念……換句話說，光井同學某種強烈的想法，被湊巧漂浮在附近的寄生物複製？然後附在琵庫希身上？還是說，光井同學的意念烙印在藏身於琵庫希的寄生物上……？」

幹比古這段話是用來整理自己的思緒，本質上是自言自語。

但他說完之後，穗香慢半拍地突然低下頭。

她以雙手掩面。

從指縫窺視到的臉，比平常紅得多。

看來她心中有底。

在某人出言詢問之前……

『正是如此。』

當事人本人（不對，這時候應該稱為「本體」）告知答案。

『這名女性對這名男性的意念特別強烈，使我覺醒。』

琵庫希的嘴唇模仿人類說話時的動作。

但是這番「話語」不是傳入耳中，而是在意識裡響起。

「主動型心電感應？」

「看來殘存想子的真面目不是魔法，而是超能力。」

達也回應梓的低語，走到琵庫希正前方。

「妳有可能使用語音溝通嗎？」

『我可以理解他人的語音。不過，這具身體的發聲器官難以操作，因此請容我以心電感應傳達意識。』

「因為那不是器官，是裝置。是說，妳辨識我們語言的能力很高，怎麼學會的？」

『我有繼承前宿主的知識。』

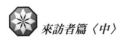

「妳果然是當時的寄生物？」

『寄生物——我們確實是那種東西。』

「你們可以用這種方式更換宿主啊。至今犧牲了多少人？」

『犧牲——我對這個概念有異議。無法回答「幾人」這個問題。我不記得那件事。』

達也與琵庫希裡頭的寄生物進行對話時，沒人打算插嘴。

所有人都緊張地屏息，注視眼前的一人加一具。

「意思是多到記不住？」

『不是。我們更換宿主時能夠繼承的，只限於脫離宿主人格的知識。和人格相關的記憶會在更換時失去。』

「原來如此。就是因為如此，所以你們不知道前宿主是什麼樣的人，不記得換過一人、兩人甚至更多人。」

『正是如此。您的理解是正確的。』

「看來妳也可以像這樣，除了回答問題還述說感想。你們也具備情感？」

『我們具備自我保存的慾望。』

「所以妳的意思是你們具備好惡，用以判斷對於保存自我有益或有害。」

達也說到這裡暫時停頓。

「但我不打算在此時此地討論情感源頭。」

他立刻繼續詢問。

「該怎麼稱呼妳？」

『我們沒有名字，所以請以這具個體的名稱「琵庫希」稱呼我。』

「妳也可以從電子腦抽取知識？」

『自從掌握這具身體就做得到，但是關於個體名稱，您剛才就使用過。』

「那麼琵庫希，妳和我們敵對嗎？」

『我專屬於您。』

「專屬於我？為什麼？」

『我想歸您所有。』

琵庫希——寄宿於其中的寄生物，朝達也投以更加熱情的視線。

『我是基於她——個體名稱「光井穗香」的這份意念，從休眠狀態覺醒。』

後方響起無聲的尖叫，接著某張被摀住的嘴發出呻吟聲，傳入達也耳中。

達也轉頭一瞥，發現深雪與艾莉卡一起按住穗香的嘴。

『我們會受到強烈意念的吸引，以該意念為核心形成「自我」。』

「強烈意念？無論是哪種意念都可以？」

『不。只有高純度的意念可以產生我們的自我。』

「妳說的『高純度』，是指基於單一慾望的意念？」

『正是如此。以你們人類的話語來形容，「祈求」這個概念應該最為接近。』

達也沒問琵庫希是以何種「祈求」覺醒。畢竟他已得到答案，而且再問一次只會導致自爆。

然而達也明明沒問，琵庫希卻熱情地訴說自己的根源。

『想為您竭盡所能。』

達也身後的呻吟聲變得激烈。

『想成為您的助力。』

後方傳來掙扎亂動的氣息。

『想服侍您。』

大概是掙扎力道相當猛烈，壓制的人也開始氣喘吁吁。

『想歸您所有，想將一切奉獻給您。這就是讓我清醒的「祈求」。』

如果穗香沒被摀住嘴，大概會放聲大喊吧。

『如剛才所述，前宿主的「記憶」已經消滅，因此我不知道是何種意念將「我」拖進這個世界。而且如今我的核心由「想歸您所有」這個慾望構成。因此我專屬於您。』

後方響起三個人「咚」一聲倒地的聲音，大概是穗香終於害羞過度再也站不住，拖著深雪與

但是達也並沒有對穗香的害羞情緒起反應。

「我很感興趣。」

達也現在的意識沒有「感性」，是以「理性」填滿。

「我很意外你們具備自我，也意外你們始終處於被動的立場。換句話說，你們並非自願來到這個世界？」

『我們原本只是存在於某處而已。「願望」是由宿主所賜予。』

「聽來真刺耳。總之，之後再找機會追究責任……琵庫希，我可以當成妳服從我吧？」

『這是我的「願望」。』

「那麼，妳就聽從我的命令。今後沒有我的允許，禁止使用超能力。更改表情也是一種念動力吧？這也禁止。」

「如您……所願。」

琵庫希以生硬的聲音回應，如同以這句話主動證明。

她的臉上失去笑容，成為原本以機械骨骼覆蓋的面具般的表情。

然而，這張面具般的表情，看似浮現妖豔的笑容。

[12]

「沒想到魔物居然會附身在機器人上頭。」

「大概因為是人型吧。天底下居然有這種付喪神。」（註：日本相傳物久成精的妖怪）

深雪依然一副不敢置信的表情，達也同樣以不願相信的語氣回應。

兄妹對話的場所不是自家客廳，是自動駕駛車的車上。這輛車不是市民共用的通勤車，是達也的私人用車。名義上是父親的車，但買車的錢來自托拉斯．西爾弗的收入。

即使利用通勤車的費用便宜得和半世紀前的公車差不多，達也依然有一輛自用車的原因，是基於接送深雪時的保安需求，以及為了「鍍金」。

雖然知道的人並不多，但深雪是名門後代，換句話說就是「千金小姐」。而且還是相當高級的大小姐。

學校之外的才藝課程也不可或缺，這是千金小姐的素養。

多虧四葉的特殊背景，深雪還不需要像真由美那樣得在社交場合露面。不過在上流階級專用的教室學藝時，即使是一對一的課程，也得維持某種程度的體面。

這輛高級車當然具備自動駕駛控制的人工智慧，還具備軍用車輛等級的防彈、耐熱、吸震功能。打扮為外出造型的深雪，在車上以不符合華麗服裝的灰暗表情繼續詢問。

「那麼哥哥……您有什麼打算？」

「妳的意思是要怎麼處理琵庫希？」

另一方面，達也雖然穿上深色外套，卻很難稱得上正式，就某種意義來說是高中生會有的打扮。他臉上浮現不上不下的表情，如同想要苦笑卻失敗。

「畢竟不能帶回家，應該會適當地編一些藉口，在學校打聽情報吧。」

「……您不帶回來？琵庫希不是這麼期望嗎……」

深雪以暗藏畏懼的聲音詢問。

「不可能讓她踏進家門。」

如此回答的達也，這次姑且露出算是笑容的表情。

「我們幾乎不曉得寄生物的生態與性質，也完全無法保證那個寄生物沒說謊。」

「妖怪不會說謊，只有人類會說謊」這個通俗說法，因為「天之邪鬼」這個說謊妖怪的存在而出現漏洞。不說謊的妖怪與說謊的妖怪都只存在於童話中，但達也不相信，當時在場所有人都沒懷疑附身在琵庫希的寄生物所說的話。

「『感應到穗香的意念』這個主張並非完全沒有根據，因為美月看見的『形體』可以作證。

但除此之外都只是她的片面之詞。我們不曉得她擁有什麼能力，不可能准她深入和我們接觸。要是琵庫希可以和其他寄生物通訊，在我們睡著時呼朋引伴，將是最壞的結果。至少要確認她是否有聯絡其他個體的手段，否則甚至不能貿然詢問。」

深雪聽到達也以平淡的語氣果斷回應，臉上的陰影逐漸散去。

「可是這麼一來，我們即使詢問，也無法確定是否能相信她的回答吧？」

「這方面和詢問人類俘虜時一樣。只能由我們判斷她所提供的情報真假。」

深雪的表情還有點緊繃，卻已經拭除如同薄紗覆蓋的擔憂神色。

◇　◇　◇

這是一幢規模不大，卻超脫平民觀念的氣派西式建築。達也在門口進行護衛交接。

雖說是交接，也只是確認對方的長相。

深雪上鋼琴與禮儀課的這間教室（或許應該形容為學校）禁止男性進入。即使是上流階級的隨身護衛也無法獲准進入。

「我會一如往常，等時間到了就來接妳。」

「好的。我等您來迎接。」

所以必然會進行這樣的對話。

順帶一提，迎接時間是兩小時後。在這種時間回家是不上不下的做法，因此達也大多在附近餐飲店打發時間。

達也以導航適度地挑選一間適合家庭聚餐的餐廳入內。即使是主要販賣酒精飲料的店，達也只要打扮得成熟一點就不會吃閉門羹，但他今天沒這種心情。

晚餐已經在家裡吃過，所以達也只點飲料。只點飲料就坐將近兩個小時，一般來說是令店家感到困擾的顧客，但他每次在任何一間店等待深雪，都會點比較高價的餐飲。這樣應該就不用擔心遭到預料之外的挖苦。

要是店家不給好臉色看，只要視而不見就好。

達也坐在窗邊座位，沒打開書籍網站，就只是以手托腮眺望著窗外。

看起來像是心不在焉。

達也自己也沒有專注於某些事物的念頭。

但他現在的狀態，和一般所說的「心不在焉」完全相反。

他不是在集中意識，是擴散意識。

擴張再擴張，知覺以自己與深雪為兩個焦點，布滿該區域的每個角落。

不是從空中，而是從情報體次元俯瞰。

不是複數焦點的橢圓球形空間，是和物理距離無關，以因果律連結強度定義的關係空間。達也以「眼睛」專注觀察這個空間。

不放過任何危害深雪的事物。

他擁有這對「眼睛」，因此可以超越性別限制，獨力勝任護衛妹妹的工作。

但他並非平時就能具備這樣的「視野」。平常下意識進行的行為，如今他以自己的意識進行，因此更加強化。

若身體位於突然發生的因果關係——「偶然」頻繁產生的物質次元，視野卻放在關係空間，肯定會動不動就受傷。正因為處於這種能夠靜心「觀測」的狀況，才能將意識轉移過去。

雖說是關係「空間」，卻不代表存在著這種次元。是一種認知架構，一種「觀看方法」。

此外，雖說是「關係」，也不代表以紅線、黑線或鎖鏈相連，只不過是可以讀取具備因果關係的情報。若是想像方式不同，或許看得見絲線或鎖鏈，但依照達也的想像，是看透隱藏在認知焦點所在的事物後方，具備因果關係的存在或事象。

這種做法在原理上也可以預知未來，但達也還只能讀取「現在」以及最長二十四小時之前的

「過去」。相對的，這是非常有效的索敵方法。識別「敵人」的範圍與精度，足以匹敵甚至勝於先天的遠距離透視技能。

達也的視野，顯示出進逼而來的敵方情報。

不是針對妹妹，是針對他自己。

（我真是失職的護衛。）

自己成為目標，反而會讓護衛對象暴露於危險。「護衛失職」並不完全是自虐發言。

不過，沒發出聲音的這句細語，並未包含失意或反省等任何情緒。

◇　◇　◇

瓦吉妮雅．巴藍斯上校接到部署完成的報告，微微點頭。

為了本次的作戰，他先分析目標對象的生活模式，發現襲擊機會少得誇張而愕然。

因為對方完全沒有孩子應有（？）的夜遊行徑。

目標對象每天晨訓前往的地點，是不能貿然出手的忍者道場（許多美國人依然只有這種程度的理解）。

目標連續兩個週日都騎機車外出，但即使跟蹤也會立刻被甩掉。就算使用監視衛星，也依然完全查不出去向。

經過兩週的觀察，只確認他絕非普通的高中生。視為特殊部隊的幹員更能讓人接受。這個質疑協助確定對方就是目標（正確來說是假設），所以本次調查並非完全白費工夫。

目標和妹妹在一起時的棘手程度，已經由希利鄔斯少校證實。目標長時間獨處，而且逃走可能性不高的機會——今晚就是極少數的機會之一。

「希利鄔斯少校，妳聽得到嗎？」

巴藍斯直接以通訊機呼叫，於是莉娜立刻回應。她依照預定在附近公園待命。

作戰如下所述：

「STARDUST」成員偽裝成強盜闖入餐廳，發動不會致命的攻擊。要是可以當場抓到就直接擄走；若遭到反擊則是一邊交戰一邊逃走，引誘目標前往少校等待的公園。

雖然計畫簡略，但是在不確定要素太多的條件之下，即使擬定縝密計畫，也只是向上呈報時比較好看，並不實際。巴藍斯在極為實際的實戰中學習到這個道理。

對奕是因為看得見對方所有棋步，高度縝密的戰術才會管用。

（只擔心STARDUST在第一階段就全軍覆沒……）

不過這種可能性極低——巴藍斯強行克制自己的不安情緒。

STARDUST即使是確認作廢的失敗品，也是灌注ＵＳＮＡ魔法工學技術的強化魔法師。他們不可能在五對一的狀況下，被十幾歲的少年全部打倒。

若她的預料正確，對方是不為人知的戰略級魔法使用者。但是以大規模破壞為目的的戰略級魔法，大多在對人戰鬥時派不上用場。具備那種破壞力的戰略級魔法更是如此。應該要抱持同歸於盡的決心才會使用。

除非使用布里歐奈克之類的特殊道具。

（假設真的全軍覆沒，STARDUST所有記錄都已刪除，對方不可能查出身分。）

所以即使作戰失敗，也不用擔心受到影響。上校以此將自己的思惟做個了斷。

她下意識不去思考墨菲定律的問題。

◇◇◇

莉娜和巴藍斯上校討論結束之後，在公園停車場的廂型車上，進行戰術魔法兵器「布里歐奈克」的最終檢查。

為她製作，只有她能使用，卻連身為USNA魔法師部隊總隊長的她，也不能以一己之見使用的超級兵器。雖然是可攜式兵器，最大威力卻匹敵戰艦主砲，擁有此等破壞力還能自由控制功率與射程。這把超乎常理的兵器，外表是長約四呎、略粗的棒子。

靠近手邊的三分之二和網球拍握柄差不多粗，前端三分之一是大了兩圈的粗圓筒狀，交界處有一根十字交叉的方形短棍，是她剛好可以握住的寬度與厚度。

雖說檢查，但這把武器純粹以魔法力驅動。

甚至不是武裝一體型ＣＡＤ，是魔法兵器。

布里歐奈克不只沒具備電流動力，甚至沒有彈簧動力。當然無從進行機械層面的檢查。這裡所說的檢查，只是讓武器在即將發動魔法的狀態待命，並且確認反應。

從這個道具的性質，就知道構造無法製作得過於複雜，看起來洋溢著手杖、長槍或棍棒之類的氣息。莉娜帶著這樣的布里歐奈克，覺得自己像是變成奇幻小說（或是遊戲）的女主角，內心五味雜陳。

說到五味雜陳……

（雖然不是懷疑上校的能力……但這個計畫會順利嗎？）

老實說，莉娜質疑這種粗糙的作戰是否對達也管用。

過於複雜的作戰不適合用在實戰。莉娜也能理解這一點。

不過，僅有五名「ＳＴＡＲＤＵＳＴ」級的術士負責本次作戰的大前提，莉娜覺得要撐下去有難度。甚至擔心很可能立刻全軍覆沒。達也擁有和四名ＳＴＡＲＳ隊員（即使只是衛星級）交戰且技高一籌的實際經驗。

莉娜一開始也認為達也雖然是棘手的對手，但深雪更難應付。

如今，這種想法完全消失。

她現在毫無瞧不起達也的想法。

直到最近，莉娜總算覺得自己當時失手絕對不是粗心。

擺脫虛張聲勢的心態之後，就發現對方的實力深不可測，令人毛骨悚然。因為她察覺自己完全不曉得對方做了什麼。

——將「舞刃陣（Dancing Blades）」化為塵土的魔法是什麼？

——讓「熾炎神域」失效的技術究竟是怎麼回事？

當時，她單純認為是分子結合遭到破壞。

認為是術式被中和。

但莉娜思索怎麼樣才做得到這種事的瞬間，她的思緒凍結了。

她察覺做不到這種事。

至少包含自己在內，STARS沒人做得到。

破壞分子結合還做得到。

要讓熾炎神域失效就……

中和魔法時，術士干涉力必須超過該魔法。

即使承認達也的干涉力高於身為天狼星的莉娜，但當時深雪的魔法也在作用中。

在那個領域，莉娜的「熾炎神域」和深雪的「冰霧神域」相互拮抗。

即使使用反向術式撞擊也只會抵銷效果，不會中和魔法。要中和魔法就非得讓改寫魔法式的術式起作用。

換言之，若達也當時使用的手段是中和魔法，他發揮的干涉力就是莉娜的兩倍以上。

莉娜想到這裡時，止不住身體的顫抖。

若達也做得到這種事，代表他甚至擁有隱藏此等實力的技術。

若他不是以中和的方法讓魔法失效，只可能是直接破壞魔法式。

莉娜也知道使用高壓想子流撞擊，藉由衝擊破壞魔法式的手法，但當時沒有這種反應。

不是以外力衝擊，是直接干涉情報構造加以破壞——如果是STARS副總隊長班哲明．卡諾普斯少校，或許會看穿達也使用的魔法是「術式解散」。但莉娜不曉得術式解散這個魔法。

年紀輕輕（或許形容為「年幼」更適當）就加入STARS的她，不同於一般的少年少女，實戰經驗相當豐富，卻因為時間被實戰占據，相對的在知識層面有些不足。相較於一般的（魔法科）高中生，她當然知道更多不同的事情，但知識總量是以學習時間決定上限。即使記性再好，沒學過的知識也不可能存在於腦中。

莉娜抱持的不安，源自學習時間不足導致她缺乏經驗擴張能力。若要追根究柢來說，她要擔或許可以說是顯露出能力至上主義的弊端。

這方面至今並未產生負面作用，但這次是在國外出任務，而且是在缺乏支援的狀況下，莉娜得應付達也這種以質彌補實戰機會的量，又習得豐富知識與技能的戰士。這使她為至今偏重實戰的做法付出代價。

◇　◇　◇

達也並不好戰。至少他自己這麼認為，而且實際上他只限於某些條件才會主動引發爭端。具體來說，只限於必須保護深雪安全或名譽的場合。

就算這麼說，他也不是無抵抗主義者。達也同樣也有和年輕人一樣（？），覺得戰勝是保護和平的必要手段。

（五人嗎……）

停在道路對側的廂型車裡，敵人做好隨時衝出來的準備。達也確認人數後稍微猶豫。

如果想逃離這裡，應該逃得了。車子晚點再遙控叫來就行。

達也一秒做出結論。

他以桌上的終端機結帳之後起身。

對方應該是看見這一幕，廂型車的門匆忙打開。

達也迅速走向店門口。

餐廳玄關位於廂型車正前方。

戴著類似滑雪露眼頭套的五個蒙面人站在路面，達也幾乎同時走出店門口。

從頭套露出的眼睛顏色各有不同，分別是藍、紅、黑、褐與灰色。

如果是以彩色隱形眼鏡偽裝成外國人犯罪，那他們做得相當徹底，但應該不是如此。他們想隱藏外表的意圖反而不強吧。或許是有自信即使長相曝光也不會被查出真實身分。

達也像是搶先般站在襲擊者面前，似乎使得他們困惑。

不過，雙方的互瞪沒有持續太久。

達也行動了。

不是前進、不是後退，是從對方身上移開目光，沿著步道行進。

傳來一股目瞪口呆的氣息。

達也不改腳步，遠離他們。

在五公尺的距離拉長到十公尺時，襲擊者們回過神來。

舉槍的細微聲響傳入達也耳中。

不是衝鋒槍造型的大型ＣＡＤ，是將ＣＡＤ組裝在衝鋒槍的武裝演算裝置。

他們光是使用這種裝備，就如同承認自己是ＵＳＮＡ的魔法師。

東西歐各國或新蘇聯，都不使用構造如此複雜的武器。

除了美軍，大概就只有日本的獨立魔裝大隊會使用這種設計精細的武器吧。

從展開的啟動式就知道，這種魔法賦予的效果，是讓矽化合物的軟性子彈於發射時帶電，並且在命中時放電。算是一種電擊槍吧。看來他們受命活捉達也。

達也已經將右手伸入懷裡，握住ＣＡＤ的握柄，手指掛在模仿扳機設計的按鍵上。

達也就這麼背對著蒙面人們扣下扳機。

接著迅速轉身，朝路面猛蹬。

達也在開始衝刺之後，才聽到衝鋒槍零件散落在柏油路面的清脆聲響。

在敵方驚愕得僵住時拉近間距。

敵人的僵硬症狀，直到達也進入空手攻擊的間距才解除。

達也心想他們受到的打擊也太大了，但這或許是在所難免。

要以魔法干涉已經受到他人魔法影響的物體，干涉力必須明顯高於對方的魔法力。要是術士身體直接接觸該物體，干涉難度就更為大幅提升。這就是ＣＡＤ或武裝演算裝置號稱幾乎不可能以魔法直接破壞的理由。

然而，如果他們是基於這種理由而驚訝，那就錯了。

他們原本要使用的魔法，是對子彈賦予帶電與放電效果的魔法。魔法作用於子彈，不是槍。雖然槍身和CAD相連，但是閉鎖塊與撞針是獨立於CAD的機構。

原本為了保養而製作為方便拆解的槍枝部分，對於達也的魔法來說很好處理。

他們之所以會如此受到打擊的原因，或許在於如同昔日的日本人有日本刀信仰，美國人也有槍械信仰。

達也當然不只是悠哉思考這種事。

他只是看見對方驚訝的表情，腦中反射性地掠過這種思緒，意識則是對焦於如何攻擊進入間距的敵人。

達也沒有理由留活口。

不過，這裡是人來人往的大街。

即使不是繁華區，又是夜晚，路上依然有人行走，各處也設置街道監視器。要是下殺手似乎會引發各種麻煩事。

就算這麼說，既然肯定有人監視，達也就不想展現太多次「分解」魔法。部分分解最好也是別用為妙。

達也如此心想，才會刻意拉近間距。

他以掌心往前打。

目標是腹部。

不花時間瞄準心窩。

掌打命中的同時，使用閃憶演算。

發動的魔法是振動系。

振動波會從接觸的掌心打向對方軀體——本應如此。

但達也的魔法被反彈。他不是以手的觸感，是以「眼睛」看見而得知。

他立刻往旁邊跳。

感受到一陣風從下往上捲。

戴著黑色光澤指節套環的敵人，朝他的殘影一拳往上揮。

達也鑽過對方身旁繞到後方，再度擊入振動波。

從死角使出的這一招，使得男性倒地。

話說回來，對方的魔法抵抗力值得驚訝。

達也是經由身體接觸，朝著情報強化鎧甲弱化的部分擊入魔法，對方卻以反射性發揮的干涉力抵銷。即使是從虛擬魔法領域所施展的威力較差的魔法，一般也不可能以這種方式防禦。

（調整體——不對，是強化人？）

敵人重整態勢發動攻擊。達也向後跳躲開，連結敵方身體情報調查真面目。

扭曲到不只是基因改造程度的構造情報，肯定是後天反覆強迫強化的結果。

（這些傢伙為什麼在這種狀態還能動？）

達也至今「看過」幾百個瀕死的人，知道他們處於隨時喪命都不奇怪的狀態。

他們比起開槍或揮刀，更適合躺在醫院病床打點滴。

即使如此，卻具備此等活力。

如同即將燃燒殆盡的流星。

這正是被地球捕捉的星塵焚身釋放的光輝。達也不認為自己應付這種程度的敵人會輸，卻不曉得這種超常對手會多麼亂來。

即使得冒些許風險，也應該早點了斷。

達也如此改變方針，在意識之中迅速描繪未來藍圖。

——繼續往後跳，拉開距離，將手伸進懷裡的ＣＡＤ。

——在抽出ＣＡＤ的同時，發動部分分解四次。

——這樣就能確實阻止對方行動。

狀況湊巧在達也這份構想定型的同時發生。

「他」闖入戰局。

千葉修次在慌張。

他沒預料到居然會突然在街上開打。達也的理論成績優秀，他從這份資料先入為主地認定達也個性慎重。

這裡是中等高度大廈三樓露台，距離他監視與護衛的少年約八百公尺。調查書記載少年能敏銳地感應氣息，所以他刻意保持距離，卻造成反效果。

他心急到不想從階梯衝下樓。

而是抓起武器跳下去。

修次就這麼朝路面猛蹬。

已經習得神足魔法（原本是仙術技法）的修次，短跑速度最高達到時速一二〇公里。

如果是這種距離，跑步比駕車更快、更迅速。

抵達所需時間約三十秒。

他在途中感應到振動系魔法發動兩次。

看見襲擊者背部被掌打命中而倒在路面。

原來那個少年會使用魔法武術——修次在心中低語。

這是調查書沒記載的情報。

這不是明明知道卻需要隱瞞的情報，所以應該是情報部也沒查出來。

看來少年還有其他各式各樣的底牌。

修次心中對「司波達也」這個監視對象（現況轉變為護衛對象）的興趣逐漸高漲。

他究竟能戰鬥到何種程度……

不過，要確認這一點得找其他機會。修次是公私分明的人（他如此自認）。

他按下手上武裝演算裝置的按鍵。

短棍變化為小太刀。

這是千葉家開發，開始導入警界的新產品，修次改良性能作為自用。

比起「雷丸」或「大蛇丸」這種高性能的獨特武器，他更喜歡方便替換的泛用武器。

武器終究是道具，是消耗品。何況名刀也可能因為使用者而變成鈍刀。

修次被譽為「在三公尺之內是世界最強實戰魔法師之一」。他使用普通武器，是自負於己身實力的另一種顯現。

他要護衛的少年大幅往後跳。

少年所應付的部隊的相關報告書浮現在修次腦中。

對方是「STARDUST」——隸屬USNA軍的強化魔法師，不，是魔法生物兵器。無法承受調校與強化，推測肯定會在數年內死亡的魔法師組成的敢死隊。STARDUST分成不同組別，各自朝不同性質特別強化。修次從情報得知，少年正在交戰的集團，是特別強化近距離戰鬥的士兵。

既然活不久，就不能枉死……被賦予這種方向的心態，肯定是一種洗腦，但修次不認為是歧途。如字面所述搏命完成使命（不是信仰）的態度，甚至令他產生共鳴。

不過，對方也因此非常棘手。

死士是這個世界最難應付的士兵。

即使少年實力再強，這個擔子對於高中生來說也過於沉重吧。

修次介入達也與STARDUST之間。

達也掌握到有人監視他，也知道是不同於ＵＳＮＡ軍的勢力。

但對方在這麼短的時間就介入，超出達也的預料。他原本推測對方始終只會旁觀。

既然他背對自己，代表他至少在這時候不是敵人吧。

從對方闖入戰局時的側臉，達也就知道這個人物是誰。

是艾莉卡的二哥。

但達也不知道他出面協助的理由。

「司波同學。」

他主動搭話出乎達也預料。

「我叫千葉修次，是你同班同學千葉艾莉卡的哥哥。」

他主動表明身分，也出乎達也預料。

「這裡由我應付，你退後吧。」

他終究沒說明詳情，但現在也不是這種場合。

「謝謝您。」

既然他說交給他處理，達也沒有異議。

達也迅速後退時，修次背上傳來像是期待落空的氣息。

或許他預料會聽到「我也要打！」這種回應吧。

很抱歉，達也沒這麼任性。既然專家要他退後，他只會乖乖退後——只要對他有益。

修次突然闖入，只讓對方疑惑了數秒鐘。

除了已經倒地的一人，四名蒙面人不知從哪裡取出手槍瞄準修次。

現代魔法是重視速度的技術體系，CAD是因應需求的解答。

即使如此，比起非得處理啟動式、構築魔法式的魔法，解除安全裝置扣扳機還是比較快。既然距離這麼近，也不需要花時間瞄準。

這群人應該相當慣於實戰。比起依賴魔法這種特殊技能，他們毫不猶豫地選擇了迅速排除障礙的手段。他們並非完全放棄魔法不用，而是同時處理移動系魔法——讓飛翔物體靜止之魔法的發動程序。大概是要防止對方使用射擊武器。

以槍為矛、以魔法為盾。

這群人依照兩者的特性靈活運用。回想起來，他們應該是受到「活捉」這個命令的束縛，才無法對達也發揮原本的戰鬥力。他們原本的戰鬥方式肯定是二話不說擊斃對手。追求合理性的戰鬥風格，足以打倒大部分的敵人。

只是，千葉修次並非普通的對手。

修次比他們扣扳機的速度更快拉近距離。除了進逼過去的當事人之外，其他人肯定以為修次消失了。連達也都必須集中注意力才跟得上這個速度。

小太刀在擦身而過的瞬間出刀。刀尖以黑色線條加框。

對方握著手槍的手，手腕以下的部位落地。小太刀的刀尖產生左右推壓的排斥力場，撕裂皮膚、扯開肌肉、截斷骨骼。

不曉得這群人是否發覺，修次在揮砍瞬間發動了加重系魔法「壓斬」。

三人無視於同伴的哀號，將槍口重新對準修次。

子彈貫穿修次的殘影。

修次以玻璃破碎聲與慘叫聲為背景音樂，拉近間距。

明明還不到神速的程度，士兵們卻無法瞄準。

實像與虛像在他們的視野重合。

在後方觀看的達也，要是同樣以極近距離對峙，他沒自信完全捕捉修次的實像。

分身的真相，在於反覆衝刺與停止。

修次反覆進行衝刺、停止、轉向、衝刺、停止，在對方視網膜產生殘影。

劍之術理原本就討厭停止，也就是討厭「停滯」。除去瑣碎的理論，停滯代表筋肉的僵硬，停下雙腳的動作會使得腿部肌肉僵硬定形，成為陷入停滯狀態的原因之一。

不過，這是只以肌力行動為前提。

修次以魔法管制「觸發」，也就是軀體的首發動作，使他能從完全停止的狀態毫無延遲地切換為最高速。

不過這種事說來簡單，實踐起來極為困難。

在武術世界，動作快於思考是理所當然的事。甚至有人說，若是無法在思考前行動，就無法成為一流武者。

修次現在所做的事，是在身體超越思緒行動之前，更早發動魔法。

這麼說來，剛才的「壓斬」也是瞬間發動、瞬間結束。別說是對手，連旁觀者都察覺不到。

這樣對手根本看不出端倪，無法擬定對策。

這種切換、開關的速度，肯定就是千葉修次讓消息人士宣稱他在全世界位居前十名的技術精髓。達也如此認為。

達也分析修次的實力時，蒙面男性們全被剝奪戰力。

修次放下握著小太刀的手。

雖然沒有解除警戒，但似乎稍微放鬆。

達也亦然。

達也走向修次，想對他的協助致謝。

達也走到第三步，就受到強烈危機感的襲擊。

修次可能也感覺到了。達也壓低身體與修次握起小太刀的動作幾乎同時。

緊接著，燦爛的光束襲向修次。

小太刀迎擊這道光束——高能電漿光束。

光束在命中刀身的前一刻左右分開。

應該是在刀尖形成的「壓斬」排斥力場，扭曲了電漿的激流。

但是不足以阻絕電磁波的影響。

光束消失。

不可思議的是，電漿光束在命中路旁並排的建築物之前就消失了。

修次維持握起小太刀的姿勢，佇立在原地微微顫抖。大概是極近距離照射到電磁波造成肌肉痙攣吧。如同全身被高功率的電擊槍命中。

達也看向推測的光束發射地點。

遠處，因為夜色而模糊的車道中央。

在街燈下朦朧浮現的身影。

深紅的頭髮、金色的雙眼。

蒙面魔法師「安吉·希利鄔斯」將手杖般的物體指向這裡，以引誘的眼神看著達也。

（待續）

後記

首先由衷感謝拿起本書的各位。初次見面的讀者請以此為機會多多指教，非初次見面的讀者則請您繼續關照。

《魔法科高中的劣等生》是登場人物相當多的一部作品，但可說是客串女主角的角色在正傳登場，應該是本次的〈來訪者篇〉首開先例。這次也是首度出現金髮碧眼的女性角色。

關於在本系列難得一見的金髮少女，責任編輯和我在討論第九集時有過以下的對話：

編：「我超喜歡『窩囊』美少女。」

作：「莉娜與其說是『窩囊美少女』更像『脫線至極美少女』。那種角色很可愛吧？」

莉娜的新角色個性至此定案。慢著，這名少女的角色設定，原本就是除了戰鬥層面都有點遺憾，卻沒有到脫線至極這種程度……不過很可愛吧？

說到角色設定改變，在這集上演男人味十足（？）場面的黑羽貢也變成少根筋的個性。老實說，這是受到有聲劇ＤＶＤ的影響。飾演黑羽貢的聲優大人以沖繩方言高喊「歡迎光臨～！」的美妙即興演出，使他的角色形象煥然一新。

天啊，演員的演技真了不起。我實際感受到創作時的相乘效果。

話說，〈來訪者篇〉終於要在下一集完結了。這次的中集以「下集待續！」的形式結束，因此下集將會上演許多精彩劇情，但是不會出現「完結篇待續！」的狀況，請各位放心。我會準備適合為第一學年總結的高潮好戲，所以下一集〈來訪者篇〉下集也請多多指教。

佐島　勤

　　我是負責GF漫畫版劇情架構的林。佐島老師，恭喜第十集出版！

　　集數終於進入二位數的劣等生正在上演來訪者篇，我引頸期待上一集的後續好久了！我雖然負責漫畫版的劇情架構，卻同樣是一名讀者，各角色今後會變得如何……我好怕知道結果……不，我還是滿懷著想要見證的心情。以達也與深雪為首，莉娜他們會變得如何呢……很感謝佐島老師賜予這種緊張感，也希望漫畫版同樣能儘可能重現。

林ふみの

佐島老師，
至今總是極為受到您的照顧。
恭喜《魔法科高中的劣等生》
第十集出版！
來訪者篇的莉娜好可愛……！
我喜歡黑色直長髮，
但我覺得金髮雙馬尾也非常美妙。
深雪與達也的羈絆依然堅定，
兩人的場面讓我笑得好滿足。
穗香也稍微有進展？其實雫……
各方面都令我在意，好期待後續進展！
《魔法科高中的優等生》
也不會輸給這股氣勢
並且一起努力下去，
請老師多多指教。

國家圖書館出版品預行編目資料

魔法科高中的劣等生．9-10, 來訪者篇 /
佐島勤作；哈泥蛙譯．-- 初版．-- 臺北市：臺灣
角川, 2013.11-
冊；　公分

譯自：魔法科高校の劣等生．9-10, 来訪者編
ISBN 978-986-325-698-4(上冊：平裝). --
ISBN 978-986-325-782-0(中冊：平裝)

861.57　　　　　　　　102020338

Kadokawa
Fantastic
Novels

魔法科高中的劣等生 10
來訪者篇〈中〉

（原著名：魔法科高校の劣等生10 来訪者編〈中〉）

2014年2月4日　初版第1刷發行
2024年3月22日　初版第8刷發行

作　者：佐島 勤
插　畫：石田可奈
日版設計：BEE-PEE
譯　者：哈泥蛙

發 行 人：台灣角川股份有限公司
總　監：呂慧君
總 編 輯：蔡佩芬
主　編：林秀儒
編　輯：黎夢萍
設計指導：陳晞叡
美術設計：黃永漢
印　務：李明修（主任）、張加恩（主任）、張凱棋

發 行 所：台灣角川股份有限公司
地　址：104台北市中山區松江路223號3樓
電　話：（02）2515-3000
傳　真：（02）2515-0033
網　址：www.kadokawa.com.tw
劃撥帳戶：台灣角川股份有限公司
劃撥帳號：19487412
法律顧問：有澤法律事務所
製　版：巨茂科技印刷有限公司
ISBN：978-986-325-782-0